向光而行

中铁隧道局集团有限公司 著

中国青年出版社

编委会

主　任：高　伟　易国良

编　委：符世祥　刘卫星　余纪伟　刘中琦

　　　　赵超峰　秦清海　邵　鸿　王若男

　　　　王炎宾　张　尧　杨　舒　王元鹏

　　　　王勤伟　王秋园　张朝明　蔡琳嫒

　　　　曾凡俊

序言

隧道是什么？

是几秒钟、几分钟、几十分钟的暂时黑暗？

还是电话那头突然陷入沉默的短暂失联？

隧道对于我们大多数人来讲，既熟悉又陌生。熟悉的是，无论高铁、高速，甚至城市道路，都少不了它的身影，随处可见。陌生的是，绝大多数人都不知道它是如何建成的。

它看起来是如此简约——从山的这头穿进，再从那头穿出，中间那段鲜为人知的旅程，静静沉寂在山里，深藏功与名。

隧道的建设，是一段从光明到黑暗，再追逐光明的征途。隧道人就是一群行走在地下的追光者。他们常年与山相伴、与水为邻，在广袤的山河之间穿越出一道道绚烂长虹。

一座座隧道是沉默的、冰冷的，一个个隧道人却是立体的。他们赋予隧道厚度、维度、高度、深度、软度、宽度、精度、速度……

隧道人把自己的年华融入有着 X 度的隧道。两者合为一体，铭刻成了一个个关于追光的传说。

中国隧道总里程已超 4 万千米，可绕赤道一周，规模和建设速度均居世界第一，且每年以上千座、几千千米的速度增长。

这本书，带你行走在地下，聆听山水的呢喃，大地的呼唤。

目录

第一章　厚度 / 001
    01. 走进大凉，初遇成昆 / 002
    02. "重返沙木拉达" / 007
    03. 彝族年 / 010
    04. 新成昆力量 / 012
    05. 结尾 / 014

第二章　维度 / 018
    01. 吕塘村村志 / 019
    02. 风尘仆仆的专家 / 021
    03. 桥与隧之争 / 024
    04. 隧道进海水了 / 027
    05. 做人与做事 / 029
    06. 圆梦海底隧道 / 033
    07. 跨越时空的传递 / 036

第三章　高度 / 042
    01. 阿尔金山的初识 / 043
    02. 高原戈壁的重逢 / 051
    03. 雪域高原的来客 / 055
    04. 野蛮生长的青年 / 059
    05. 高原上的红手绳 / 063

第四章　深度 / 073
    01. 二十四道拐 / 073
    02. 折中的办法 / 081

03. 头顶瀑布，脚踏激流 / 083

04. 水漫竖井 / 087

05. 黑暗中的"疯狂" / 091

第五章　软度 / 100

01. 牙扎湾的命 / 100

02. 学生时代的理想 / 103

03. 无可借鉴之范本 / 106

04. 潘多拉魔盒 / 108

05. 地动山摇 / 111

06. 我宣誓！ / 116

07. 木寨岭模式 / 118

第六章　宽度 / 122

01. 传承 / 123

02. 历史 / 127

03. 成长 / 129

04. 荣誉 / 133

05. 出师 / 137

06. 征程 / 140

第七章　精度 / 145

01. 恰似赣江的温柔 / 145

02. 从南昌到北京的距离 / 150

03. 望京地下的守候 / 154

04. 无尽长江竞风流 / 159

第八章　速度 / 163

01. 一个月的"闪婚" / 163

02. 五天两百千米 / 174

03. 九天九夜 / 178

04. 九百天，九百秒 / 186

第一章 厚度

人生是以阅历增加厚度，隧道是以传承和意义丈量厚度。

2016年7月，三伏天，正是河南最热的一个月。炙热的太阳把大地烤得滚烫，几乎是泼水生烟。聒噪的蝉鸣，弥漫在夏日的空气里，充斥到村子里的角角落落。杨树、槐树那绿得将要滴出浆汁的叶子彰显着无处安放的、膨胀到极致的生命力。

一个普通的农家小院，杨舒坐在院子里的葡萄架下，低着头，默不作声，在垂下的眸子里映射着怀中熟睡的婴儿。一旁的公婆也是无言地坐着。在这炽热的夏天里，葡萄架下的空气却仿佛要结冰。杨舒满眼泪水拼命抑制，不敢抬头，不敢说话，她怕一张口就会哽咽。公公抽着烟，婆婆先开口打破了这凝固的气氛："孩子放家里，你就放心吧，我肯定能照顾得好。""你若不放心，我尽快拉上网线，你想看孩子，我们随时视频。"公公附和道。杨舒没说话，泪水却再也抑制不住，冲出眸子，滴在怀里熟睡婴儿的胳膊上，藕节一般的小胳膊动了一下，杨舒赶忙安抚。

杨舒，一个隧道工人的妻子，在一家医院里做护士，她的丈夫庞庆龙是一名年轻的技术员，刚结婚两年的他们聚少离多。从结婚到孩子出生庞庆龙加起来在家待了不到30天，不说杨舒的亲朋好友了，就算是他们已经将近1岁的孩子也是记不清楚庞庆龙的样子的。就连平时打个电话也得挑选特殊的时间段，否则就会出现"您拨打的电话暂时无法接通"的语音提示。若不是相识多年的情谊，对于这种看不见摸不着的婚姻，杨舒恐怕早已选择了离婚。

这次是因为家人的规劝，说年纪轻轻的一家三口在三个地方不好，也是因为杨舒想去看看丈夫的那个世界到底是个什么样子，她辞掉了护士工作，决心去追随丈夫。但这次决心中最大的羁绊也是这个肉嘟嘟的婴儿。初为人母的艰辛与喜悦，血脉相连的亲情与不舍。可是人生啊，哪有十全十美，每一次选择，有所得就要有所舍。

01. 走进大凉，初遇成昆

杨舒躺在摇摇晃晃的火车卧铺上，看着车厢顶明暗交错的光影，泪如泉涌，她在担心自己的小孩睡醒后，会因为找不到妈妈而大声哭泣。她在想火车离去时，故乡的样子。这是她 27 年人生中第一次远走他乡。

火车载着她的一夜无眠，载着她无数的担忧，载着她数不清的牵挂，以及对未知世界的些许期待，哐当哐当地走了二十几个小时，从平原走进了大山。

从河南南阳站上火车时是个黑夜，到达四川大凉山越西站时也是个黑夜。"到站了，到站了，到越西站的乘客抓紧时间下车。"列车员操着四川普通话拿着大喇叭喊着。杨舒抑制住悲伤，拎起行李下车。"哇，外面好冷！"下了车还穿着短袖的杨舒不由得打了个寒战，自言自语道。她拎着行李箱跟着下车的人群一路跑，她想尽快地找到一个宽敞的地方，赶紧从行李箱里取出一件衣裳，结果却被拥挤的人群夹带着推到了出站口。

天啊，这是杨舒见过的最小的站台，破败荒凉，窄窄的出站口到处都是岁月侵蚀的痕迹，就连水泥的路面看起来都是那样难掩沧桑。车站外一群穿着"怪异",面庞黝黑的人们,嘟嘟囔囔地说着听不懂的方言。还好一早丈夫就跟杨舒说起这里是彝族自治州,彝族百姓居多,要不然杨舒的陌生感会更甚。

杨舒被推搡着出了车站,在一排排被拉客面包车挤得水泄不通的道路上,杨舒终于看到了向她招手的丈夫,两百多个日日夜夜呀,她终于见到了她的丈夫,这一路的辛酸、委屈以及离别前的伤感一瞬间全涌上心头,她飞奔过去,扯住丈夫的衣角,红了眼圈。

庞庆龙这个身高不足1.7米,看着秀气的男人此时却是杨舒的天。他边说着,哭啥子嘛,边一只手接过杨舒的行李,一只手牵着杨舒向车子的方向走去。"这里离县城还有一个多小时的山路,一会儿晕车的话就别睁眼睛。到了县城我们今晚就住那里,明天再回项目部的驻地,刚建好的,是在一个村子里,距离县城还有一个多小时的路程,还没分到宿舍。明天你还得先在女生宿舍里挤一下。这里不比家里,如果实在受不了住几天你就先回去。"庞庆龙絮絮叨叨地说着,像是在缓解杨舒的情绪。杨舒闷闷地应着,低着头走在布满台阶的路上,因为她害怕一不小心就会摔倒,这弯弯曲曲的阶梯路哪里是平原长大的人见过的。

"吃烤土豆不?这边叫烤洋芋,这里土豆是他们的特产之一,吃起来不错。"庞庆龙像想起了什么似的,指了指路边那些包着头蹲在小锅炉边烤土豆的大娘们说。杨舒顺着方向看去,只见窄窄的石板路两边间隔不足10米就有一个烤炉,烤炉上密密地摆着一圈圈土豆,个头都像北方的红薯那么大,不说的话还真以为烤的是红薯。"这土豆也能烤?"杨舒满脸狐疑。庞庆龙微微一笑,答道:"你待上一段时间就知道了,这可是他们的主食,很香甜的。"

说话间到了车边,是当地的老乡,坐上了车,老乡就招呼杨舒和庞庆龙坐挤一点,说后边还有五六个人。"天啊,不会超载吗?"杨舒悄声说道。庞庆龙瞟了杨舒一眼,说:"超载,有车坐就不错了,当地老乡很多为了省车钱,几十里的山路都是走回去的,像这个时间走,到家天都亮了。"杨舒往窗户边挤了挤不再说话,她很难想象庞庆龙口中描述的到底是怎样的人,这黑黢黢的大山在夜色里显得阴森可怖,不说是摸着夜色走一夜山路,就是待上一小会儿杨舒都会觉得后背发凉。"受不了就打道回府,反正我也舍不得我那肉嘟嘟的孩子。"杨舒心里暗想。

一路的颠簸,七拐八绕,面包车娴熟地穿梭在黑夜里,坐在车上的杨舒头靠在庞庆龙身上,只感觉天旋地转,像坐过山车一样。她不敢睁眼,只是隔一会儿就问问还有多久到,每次庞庆龙都回复:"快了,快了。"

不知道过了多久,终于到达了越西县,这是一个一路走来唯一有灯的地方,筋疲力尽的杨舒无暇再问东问西,便在庞庆龙事先找好的一家宾馆里沉沉地睡去了。

第二天天刚蒙蒙亮时,庞庆龙就叫醒了还在睡梦中的杨舒,说今天项目部采买的车出来了,赶紧起来收拾东西,逛个超市,还能蹭个车,不然得坐马车回去了。坐马车?刚还在迷糊的杨舒,瞬间清醒了,赶忙起床收拾行李。换作之前,她肯定以为庞庆龙是在逗她,但昨晚的经历让她相信庞庆龙说的话都是真的。

走出宾馆,白天的越西县,面貌清楚地展现在了杨舒眼前,因为下着小雨,天还是如昨天下火车时那样冷,街上还真有马车混在汽车中间行走,穿着黑布领口袖口镶花的彝族人背着半人高的背篓,怀里抱着鸡鸭什么的,感觉电视剧里20世纪五六十年代才有的场景竟然出现在这里,新鲜感和震惊充斥着杨舒的每一根神经。

"赶紧买东西,一会儿到了项目部就没办法买了,可不是你想出来就能出来的。"庞庆龙催促着。杨舒也顾不得感受这里的风土人情,匆忙地头了些日用品就跳上了采买完准备回项目驻地的皮卡车。

皮卡车驶出了县城,行驶在弯弯曲曲的村道上,司机师傅时不时地还要下车赶一下挡住道路的鸡、鸭、鹅,看着村子里随处可见的扶贫标语,以及五六岁娃娃身上背着的大大的背篓,杨舒心中疑问堆积如山,她悄声地问庞庆龙,这里的孩子不上学吗,这么小的孩子背得动那么大的背篓呀,怎么这里家家户户的门都那么小……杨舒问个不停,庞庆龙在笑话她是"十万个为什么"的同时,还解释说:"越西县是大凉山的贫困县之一，我们现在项目的驻地马拖乡是一个每年人均收入不到2000块钱的地方，这里的孩子也算是除土豆以外的'特产'了，每家都有五六个孩子，每人一天一个土豆就得一麻袋。估计你都想象不到，这里很多孩子上学都是为了吃中午那顿免费的饭。五六岁的孩子都要捡柴火，下地干活，照顾弟妹，哪像咱们家乡那边的孩子，一个孩子四个大人带。"一向木讷、少言寡语的他仿佛有说不完的话。杨舒听着庞庆龙的讲述，心里随即对这片大山环抱的土地产生了浓厚的好奇心，想快点揭开它神秘的面纱。但当她看到这些稚嫩却过早承担起生活重担的孩子，又不免难过起来，心里五味杂陈。她又想到了自己的孩子，一边为自己不能继续陪伴她而心酸，一边又为她不是出生在这里而庆幸。一股莫名的情绪激荡在杨舒的内心，她说不清楚是什么，但她能肯定地感觉到，与刚下火车时的心境不一样了。

一路赶鸡、赶鸭、躲牛、避马，皮卡车终于驶进了一排排规划整齐、红顶白墙铁皮房的大院子。一个40多岁脸黑脖子白的中年男人听到车子声音走了出来，操着浓重的四川口音打招呼说："哟，小庞，洋盘得很呀，媳妇接来了哈，这里的艰苦，你这媳妇受得了哇，小心过两天巴起跑喽。""不得，不得，林哥。"小庞笑呵呵地回复道，杨舒则像一个新婚的小媳妇般害羞地拿着包包躲在了小庞后边。她还听不大懂四川话，也被这位高声高调大嗓门的同事搞得不好意思。

"这是我们办公室主任林伟，负责我们的后勤保障工作，按年龄我们都应该叫叔叔了，但在这里大家都是平辈称呼。工地上的同事都很和善的，嗓门大是大家的工作性质决定的，时间长了你就知道了。"庞庆龙仿佛看穿了杨舒的不安，悄声对躲在身后的杨舒说道。

"庞哥，你正好回来，我们平导报检了，你要不要一起去？"一个同样是脸黑脖子白的小伙子边戴安全帽边急匆匆地往外走。庞庆龙应了声，就赶紧拿着行李向宿舍的方向走去。"这是男生宿舍，我们工程部6个小伙子住。隔壁是女生宿舍，我跟工经部的姑娘小牛打好招呼了，今晚你就住隔壁，先委屈两天，家属房分下来，我们就搬过去。"庞庆龙边放行李边说。"啥是平导，平导是哪里，我能不能去看看？"杨舒对这个不如大学宿舍的房间提不起丝毫兴趣，为了不使陌生感再次将自己包围，她想跟着庞庆龙去看看新鲜的东西。"可以啊，但是你要答应我，戴好安全帽，穿上反光背心，做好登记，由我们带领不准乱跑。"庞庆龙交代道。"好的，我一定听话！"杨舒干脆地答应，眉眼之间难以掩饰内心的兴奋。

"我们现在所打的隧道名字是小相岭隧道，因为要穿过的这座山是叫小相岭，有20多千米呢，长得很，就相当于从我们内乡县到南阳市一半的距离，小相岭隧道是新成昆线也就是成都到昆明这条线上的重点控制性工程，换句话说，我们这条隧道打完了，新成昆线也就通了。我们现在所在的是进口工区，山的那一端还有一个工区是出口工区，距离我们这边一个多小时车程，风景完全不同，气温都不一样。要到那边就得翻过小相岭这座山，我们两边对着凿，两边的人在山肚子里相见的那一刻，就是隧道贯通的那一刻。说这些你可能不大明白，有机会带你去看看你就彻底知晓了。"庞庆龙边走边跟杨舒介绍这条隧道。杨舒默默地听着，太多的新事物与家乡的蝉鸣、孩子的吃喝拉撒有着本质区别，也是与她之前工作所在城市里的钢筋混凝土建筑、车水马龙、灯红酒绿不能比拟的，她一下子接受不了太多，只是默默地听着。

项目部的院子通往平导的路是刚铺的水泥路面，这里蓝天白云、风和日丽、鸡鸣狗吠，跟河南的乡下也没啥区别。杨舒边听庞庆龙的描述，边思考。她没想明白这里夏季的温度跟家乡的秋季差不多，为什么这几个同事都晒得脸黑脖子白。"哎，你，看着点路。"一辆大水泥罐车在后边按起了喇叭，庞庆龙赶忙拉了杨舒一把。穿着水鞋、戴着安全帽的粗糙汉子咧着嘴哈哈地笑起来。杨舒瞬间涨红了脸，跟着庞庆龙加快了步伐。但是她还是没忍住问了庞庆龙，庞庆龙卷起他的衣袖，说："你看，黑不，昨晚你都没发现，你老公的胳膊都快成煤球了。"看着杨舒那惊愕的眼神，他又拉了拉衣领继续说道："这里虽然温度不高，但是紫外线却强得很，我们刚进场时不知道，整天跑着征地，搞临建，结果都被生生地晒得脱了一层皮，幸亏你老公我喜欢戴草帽，这才避免了脸黑脖子白，你可要注意些呀!"杨舒看了一眼太阳,又看了庞庆龙一眼,不安地压了压遮不住脸的安全帽。

杨舒沿着一条小河走了约莫十几分钟,就到了平导洞口,挖机、出渣车整齐排列,一个插满钢管的洞口出现在山底,洞口上边的鲜红广告牌赫然写着"小相岭隧道进口平导"九个大字。庞庆龙说,刚开工不久这个洞口还没施工好,施工好了就比较好看了。陆陆续续到来的工友同事秩序井然地排队登记进洞。杨舒也学着整理了一下安全帽,把帽子两边的带子扣在耳朵上,套上反光背心,签了字,走了进去。她跟在庞庆龙后边小心翼翼地抬头望着这个隧道,只见混凝土的外表下埋着钢架的骨骼,越走越昏暗的隧道内跟隧道外的明媚形成鲜明对比。因为是刚开工几个月,所以走了大概 400 米就到了庞庆龙所说的掌子面。

只见一个庞大的钢铁台架上站着几个工人,他们手中拿着一个像大电钻样的,被他们称为风钻的工具发出巨大的声响,刺得杨舒赶忙捂住了耳朵,她抬头望了望那个打钻的工人,只见他胳膊上的青筋暴突,脸上汗水混着隧道内的泥水,还有黑黑的不知道是泥还是灰的东西把整张脸搞得看不清表情,因为钻机的抖动,工人脸上的肉也跟着抖动,一个坚毅的形象赫然展现。杨舒不由得心生敬畏,如果说她之前的工作救死扶伤是高尚的,那这份开山凿隧的工作无疑是震撼的。站在这个高约 6 米,宽约 7 米的山肚子里,杨舒感到无比震撼,感觉自身是那么的渺小,一种加入其中的想法油然而生。于是接下来的日子里,在项目部人文理念的关怀下,杨舒成为一名办公室人力资源管理员。面对这个新的起点,作为医学专业毕业生的杨舒,心中有期待、有忐忑,但更多的是一种必须干好的信念。

02. "重返沙木拉达"

大山中的岁月真是漫长又匆忙。漫长的是,出门是山,方圆唯一能散心的就是那鸡鸭成群、孩子成群的村道,以及杨舒对孩子思而不得见的遗憾。匆忙的是,伴随着工作,杨舒每一天都对这份穿山凿隧的工作以及这群凿隧人有着源源不断的好奇心,这促使她不断地对他们进行了解。

仿佛一切都在意料之外又是情理之中一般,杨舒从来没想过她能在这里待下去,并且一待就是将近一年。这一年大凉山那些美得像画一样的油菜花她看过,山间香甜的野生猕猴桃她尝过,那段没电没网的时期她熬过,那些深夜想孩子想得发疯流泪的日子她也挨过,她也慢慢地熟悉了办公室的工作,成为一名能熟练运用办公软件,熟悉办公室业务流程,用得好相机,做得了新媒体的办公小能手。一年时光,杨舒自我成长的同时也习惯了出门见山,回宿舍见铁皮的日子,也会"要得要得"地说一些四川话,也晓得打隧道是分工序的,需要先放线测量,再打眼放入炸药进行爆破,然后放入钢架,人工开挖,喷上混凝土,做衬砌,做仰拱。她慢慢地融入了这帮长年累月生活在大山里的凿隧人的生活,也渐渐地明白了他们工作的意义,说大了是为了四通八达的交通事业,为了带动一方经济,说小了是为了生活。男人们为了挑起家庭的重担,为了父母安享晚年,为了孩子茁壮成长,女人们为了夫妻团聚,为了家庭稳固。大家带着各自"小家"的理想干着为了"大家"的事业,有所得,有所失,乐此不疲。这一年,她那个肉嘟嘟的小娃娃也已经牙牙学语,开始对着视频叫妈妈了。

时光就像一位沉默睿智的老者,总会在不知不觉间让你更加明白当初所做的每一个决定。如果说之前杨舒对隧道以及隧道人的了解算是融入,那么接下来发生的事情才是让她彻底融入成昆及成昆人灵魂的指引者。

2017年3月,成昆项目决定开展"重返沙木拉达"活动,因为活动比较盛大,杨舒作为办公室工作人员被列入志愿者的队伍参加了这场活动。

"为什么叫'重返沙木拉达'呢,先来解释一下沙木拉达吧。沙木拉达彝语意为'开满索玛花的山谷',可是这个'重返沙木拉达'里的'沙木拉达'指的却是一座意义非凡的隧道,跟小相岭隧道是新成昆线上的重点控制性工程一样,沙木拉达隧道也是老成昆线上最难的一段。沙木拉达1959年修建,它作为老成昆铁路的最高点,海拔2244米,含氧量只有内地的70%，每年长达4个月的冰天雪地，5级以上大风卷着沙石能咆哮半年。资料里记载沙木拉达车站曾试图安装铝合金灯箱，没挺到第三天就被吹变形了。在这片被外国地质学家认定为'死亡禁区'的山谷里打隧道，暗河、断层、泥石流随处可见。那为什么叫重返呢，这个'重'字就是奇妙之处，因为修建新成昆铁路小相岭隧道的建设者竟然是修建老成昆铁路沙木拉达隧道建设者的后辈。单位还是那个单位，只不过换了名称；人还是那个单位的人，只不过换了副模样，五十几年的时光或许是冥冥之中上天自有安排。"杨舒听着项目部出口工区办公室同事周海瑞在志愿者面前的讲解，内心澎湃不已，原来自己竟然这么不了解自己待了快一年的地方。

"20世纪五六十年代，连手持风钻都是稀罕物，施工只能靠大锤、钢钎一点点凿孔，人工爆破，沙木拉达隧道往往一天只能前进半米。而遇到了突然涌水、岩爆，工人往往难以躲避。其中发生了一次严重的泥石流，牺牲了87人。"周海瑞继续讲解，所有的志愿者都听得出神，因为这段历史不曾写入教科书，这帮年轻的建设者也从未知晓。原来在这片贫困却多彩的土地上，我们的先辈曾在我们这样的年纪在这里如此艰难地奋斗过。

"全长1100千米的成昆铁路翻越深谷陡坡，前后耗时12年完工通车。它与美国阿波罗号飞船带回月球岩石、苏联第一颗人造卫星一起，被联合国并称为'象征20世纪人类征服自然的三大奇迹'。但这项工程的代价是几乎每个车站旁都有一座墓地。仅在6.38千米的沙木拉达隧道，就牺牲了136人，相当于每前进一千米就有21人诀别。老成昆铁路的修通，使世世代代生活在这里的彝族百姓第一次坐上了火车，看到了外边的世界。"周海瑞最后讲解道。

听完周海瑞的讲解，杨舒内心涌动着某种如波涛般汹涌的情绪，似一粒早已埋藏在内心的种子，在经历了大雨滂沱后即将生根发芽般令她心悸。正如杨舒所在项目部的党工委书记汪跃华说的那样，成昆是有灵魂的，来了这里，自己的灵魂就会不自觉地融入其中。

活动的当天，来了许许多多的老人，他们有的已经步履蹒跚，颤颤巍巍，但是几乎每个人脸上都神情饱满，杨舒想他们应该是在怀念那段青葱岁月里激扬的青春时光吧。

  活动中有一个重要的环节就是，去距离成昆项目出口工区近乎3个小时车程的沙木拉达烈士陵园祭拜烈士。这也是杨舒第一次去，沿途的风景都在晕车中变得模糊，杨舒只记得途中她乘坐的那辆大型越野车的轮子陷在了山道的泥坑里，所有人都要下车推车，这样杨舒第一次下了车。眼前的山是真的大啊，山间凛冽的风吹得她打了个寒战。初春时节，满山青黄不接，山间星星点点地坐落着人家，她这才相信电视剧里有的情节真的是来源于生活。同车坐的袁和群老人对杨舒说："小妹子，你们年轻人肯定不了解，我们那时候修沙木拉达隧道时，就是从这条路上的山。那时候的路可没现在的宽，都是羊肠小道，也可以说是没有路，我们就排成一队，前边的砍树辟路，后边的肩挑背扛，把机器啊、行李啊带上山的。"老人讲得眼圈泛红，言语激动，杨舒听得满心震撼，敬由心生。

  那个艰苦的年代定格在老人的脑海里，那是老人的青春。老人的回忆也深入杨舒的心里，坚定了她当初的选择，原来人生可以冲破那些不可避免的无奈，变得如此有意义。

  后来的几天活动，杨舒像是被拉入了成昆精神旋涡中，不断地被冲击震撼着。

  活动结束，回到项目进口工区，杨舒仿佛被注入了全新的力量。她跟丈夫庞庆龙细细地讲述着这段时间的所见所闻，讲述了老成昆建设过程中那"为有牺牲多壮志，敢教日月换新天"的无畏精神，也讲述了韩礼芳老前辈的妻子千里寻夫的故事。她告诉庞庆龙，她已经决心像舒婷《致橡树》里描述的那样，以一棵树的姿态和丈夫站在一起，一同成长进步，一起承担风雨，为他们那个小小的孩子做榜样。

03. 彝族年

  每年的11月20日前后是彝族的新年，一般都叫它"彝族年"。彝族过年的这段时间，在项目部除了能听到周边村庄里传来的杀猪声，就跟平常没啥区别了。彝族过年既不贴春联、放鞭炮，也不组织庙会、集市，过年的时间也是靠占卜来决定的，过年的活动是大家一起杀猪、煮肉、喝酒、唠嗑。对我们来说，看起来没什么年味儿的彝族年，彝族的百姓却非常重视，甚至比对我们的春节还要重视。他们会在彝族年邀请最重要的客人来自己家里做客。

"林哥，你说今年那个彝族的老太太还会来吗？"杨舒边整理着手头的资料边问坐在对面的办公室主任林伟。

林伟抬起头说："不晓得哟。"

"我看今年不一定了，林哥去年已经推辞过人家一次了。"办公室的同事唐湘说道。

"我觉得会来，你看她手机没声音了来找林哥，没话费了来找林哥，家里的鸡跑丢了也来找林哥，平时搞点蜂蜜啊，捡点核桃啊，煮点土豆啊啥的不也老往这里送嘛，这很显然把林哥当成自己的儿子了嘛，这回他们过年，我打赌她肯定会来。"杨舒接着说道。

"就是就是，上次不知道背的啥子，站在办公室门口望着林哥的位子好久。我喊她进来，她见林哥不在，愣是没进来，那眼神就像一个老母亲等儿子一般。"唐湘笑着接话。

"哎，我说你们呀，我对她好，可不是图人家回报的啊，我真感觉她可怜。记得第一次认识她，是她拿着皱皱巴巴的20块钱比画着想让我帮她充话费，感觉那小心翼翼的样子特别像我已故的外婆。我就收了她20块钱，充了200块钱，想着让她省几趟找人充话费的脚程。反正我们干的也是扶贫工程嘛，寻思着力所能及地做点好事，没承想就这样结缘了。"林伟见她们两个叽叽喳喳地说个不停，就赶忙解释道。

林伟叹了口气，紧接着说："老太太已经70多岁了，老伴腿脚不好，一辈子走得最远的地方也就是越西县，老两口有5个儿子都外出打工了，老两口独自在家靠着点土豆地过生活，实在是不容易。我就想着，我们的工作性质也是长年累月回不了家，家里的父母也已经年迈，我做这些，或许父母在家遇到难事时也会有像我一样的人伸出援手。"办公室里一片寂静,可能大家都在这一瞬间想到了自己家里的老人吧。

有个主持人曾说过:"你送出去的每颗糖都去了该去的地方,其实地球是圆的,你做的好事终会回到你身上。"杨舒也是这么认为的。

在成昆一年半的时间里,她跟着项目党支部的脚步去扶过贫,给希望小学捐款捐物,集资帮助村子里的贫困患病少女,给艾滋病患者的家庭送过温暖,参加过村子里的筑路修桥。她看到了一家五口和牛羊共住一间房的村民,她看到了大冬天穿着拖鞋双脚冻得皲裂的孩子,她也看到了十几岁拖着一大堆弟妹被生活压弯了腰的少女。她第一次知晓了,原来一锅土豆是一家十口人一天的口粮,原来很多孩子上学需要翻山越岭地走3个小时……

太多的震撼,让杨舒觉得自己目前做的事情是那么的有价值。杨舒在项目部的资料里看到,成昆复线一旦贯通,从成都到昆明的路程将由19个小时缩短到6个小时左右,这条重要出川通道形成后,不仅能方便当地老百姓的出行,还能加快攀西地区优势资源开发,带动攀西地区经济的发展。铁路沿线那些丰富的水能资源、矿产资源、农副产品、旅游资源和已经开工建设的特大型钒钛综合利用项目就能被很好地利用起来,到那时凉山百姓就能踏上致富的快车道,孩子们、老人们或许都不会像现在这样了,杨舒和项目部的同事以及周边的村民一起期待着,憧憬着。

04. 新成昆力量

2017年10月18日,党的十九大隆重召开,全国上下迅速掀起了学习热潮。杨舒所在的项目深处红色彝乡,理所应当也加入了这场学习热潮中。出口工区的党员之家,杨舒的同事李恒等20名年轻党员联名给习近平总书记写了这样一封信——

50年前,我们很多人的父亲或爷爷参加了成昆铁路难度最大的沙木拉达隧道建设，那一辈铁路建设者不畏艰险、不怕牺牲，以敢教高山低头、河水让路的豪迈气概，把天堑变成了通途，创造了世界铁路建设史上的奇迹。今天我们接过先辈的旗帜，承担了新成昆铁路全线最长、难度最高的小相岭隧道建设重任，决心传承好老成昆精神，不忘初心、砥砺前行，使铁路早日成为沿线人民脱贫致富的"加速器"。

"他们的来信让我感受到青年一代对祖国和人民的担当和忠诚，读了很欣慰。"2018年春节前夕，习近平总书记在四川成都主持召开打好精准脱贫攻坚战座谈会上，针对李恒等人的来信做出了回应。

杨舒虽然没有参与其中，但是她看到了习近平总书记的回应，她和项目部的所有人都沸腾了。她激动地发视频给家里，向父母讲述这件喜事，讲述她的同事李恒以及郑冬冬的故事。原来也真有和她一样却也不一样的人存在。

李恒是一名90后党员，同项目部的很多小伙伴一样，是一名"隧三代"，他的外公、父亲、母亲都曾是铁路隧道的建设者。他的外公今年已经74岁了，是老成昆铁路沙木拉达隧道的建设者之一，当时是在沙木拉达隧道机械队工作。他的父亲参与过衡广铁路复线大瑶山隧道、侯月铁路云台山隧道、渝利铁路长洪岭隧道、龙厦铁路象山隧道等工程的建设。而李恒是在侯月铁路云台山隧道建设工地出生的。他们家可以说是一个地道的"隧道建设世家"，他则是"根正苗红"的隧道人。在他小的时候，每年寒暑假都是在爸妈、外公所在的工地上度过的。对他来说，对隧道、对筑路人有着一份特殊的情感。他在大学读的是广播电视编导专业，大学毕业后，就职于郑州一家影视传媒公司，拥有一份稳定、对口且收入不错的工作。但是因为那份特殊情怀，他萌生了用自己的专长让更多的人关注隧道、了解隧道人的想法。于是，他怀着这样的执念毅然决然地选择了辞职，投入新成昆铁路建设中。

成昆铁路沙木拉达隧道是李恒的外公参加工作后参建的第一个工程，

是当时全线最长的隧道。在李恒很小的时候就常常听到"成昆铁路"这4个字，而成昆铁路的那段历史和成昆精神，也在外公的不断讲述中在李恒的内心逐渐变得清晰、深刻。其中让李恒印象最深的一句话就是"献了青春献终身，献了终身献儿孙"。

当李恒的外公听说李恒也要到新成昆铁路上工作时，他老人家很激动，反反复复地跟李恒说了许多他们当年的事情，鼓励李恒要不怕吃苦，要多干活，多和同事们相互帮助，多讲奉献，少抱怨。

轮回，有时候也可以用"长大后我就成了你"这句话来解释。为响应毛泽东主席"成昆线要快修"的号召，李恒的外公赶往了大凉山，参与了老成昆铁路沙木拉达隧道的建设。时隔半个多世纪，李恒又有幸参与新成昆线的建设，还给习近平总书记写了信，成昆对他来说是缘分，也是他与生俱来的使命。

据杨舒所知，在新成昆铁路小相岭隧道的建设工地上，目前仍有20多名老成昆铁路建设者的后代在接力完成着轮回的使命。

其实，无论是"为有牺牲多壮志，敢教日月换新天"的不怕苦、不怕累，甚至不怕流血牺牲的老成昆精神，还是视忠诚与担当为使命的新成昆品质，无论是老一辈隧道人家属至死不渝的守护，还是新一辈隧道人家属无怨无悔的追随，在杨舒眼里，大家无疑都是摒弃了自身的各种无奈，在重重矛盾中坚持着自己的价值所在。他们热爱的正如杨舒所热爱的一样，逐渐坚定，义无反顾。

05. 结尾

自2016年新成昆铁路小相岭隧道开工，历时6个年头完工。新成昆铁路的小相岭隧道，在沙木拉达隧道30千米外，也经历了许多艰难的施工时刻：2016年项目部刚进场时的征地、拆迁、拉网、通电，2018年十一期间隧道内的突涌水，以及一直伴随隧道施工步伐的大变形和豆腐渣一般的围岩等困难。新一辈成昆建设者带着老一辈建设者不怕苦、不怕累的精神，坚守着新成昆勇于担当的信念一步一个脚印地走着。

2020年，小相岭隧道施工的第五个年头，项目部所在地的四川省越西县也摘掉了贫困县的帽子。这是小相岭隧道施工工地上奋斗的隧道人最想看到的，也是所有隧道人工作的意义所在。

5年的时光，作为隧道工人的家属，杨舒在做好本职工作的同时，还用她细腻的笔触，将成昆铁路建设过程中的点滴感动、工程进度、人文关怀、先进事迹都记录了下来，五载春秋共计在各类报纸刊登稿件100余篇，获得各类征文奖项20余次，她用自己的毅力成了凿隧人的正式一员，成了她想成为的大树，和她的丈夫庞庆龙站在了一起，无怨无悔地用自己的行动参与到这场世纪工程里。作为母亲，她给自己那个已经成为小学生的孩子做出了成长的榜样；作为一名女性隧道人的代表，杨舒们将与小相岭隧道和新成昆一起成长，她们要一起见证新成昆的贯通，还要将老成昆的精神讲给子孙后代，并带着新成昆的品质继续走向下一个从黑暗到光明的起点。

其实无论是新老成昆铁路修通意义上的连接，还是他们精神的传承与重铸，都无疑是这条隧道用它特有的厚度缩短国人出行的时空距离，创造更加美好、更加光明的未来！

1
2
3

1 新成昆铁路第一长隧——小相岭隧道横洞
2 中铁隧道局青年党员自发联名给习近平总书记写信，汇报学习党的十九大精神情况
3 贯通前夕，中铁隧道局小相岭隧道建设者正加速推进工程建设
4 中铁隧道局新成昆铁路小相岭隧道项目部驻地
5 2022年6月21日，新成昆铁路小相岭隧道正式贯通

第二章 维度

1909年，中国第一条自主修建的铁路——京张铁路在詹天佑主持下竣工。由此起步，中国工程人开始了漫长而艰辛的铁路修建史。一条条铁路线遇高山则开隧道，逢河川则架桥梁，在中国960万平方千米的辽阔国土上构建了纵横交错的交通网。山岭隧道已日趋成熟，在地表之上中国铁路通行无阻，但在地表之下深藏的巨大空间仍未揭开它的神秘面纱。随着地上空间的日益紧迫，地下空间逐渐进入人类视野，成为未来发展方向。从地上到地下，再到水下，中国工程人以不畏艰难、锐意进取的探索精神，推动中国隧道在维度上不断拓展。20世纪末城市地铁隧道的兴起，标志着我们对地下空间的开发利用已蓄势待发。而水底隧道的出现则预示着中国隧道穿江越海的时代正在来临……

本章的故事，与一对助力我国隧道实现穿江越海的师生有关。老师王梦恕是中国著名的隧道工程专家、中国工程院院士，他把毕生的心血都奉献给了他所热爱的隧道及地下工程事业，为我国交通事业的发展做出了卓越贡献。而他的博士生洪开荣现任中铁隧道局集团总工程师，他继承老师衣钵，长期工作于隧道及地下工程施工、科研一线，大幅提高盾构法施工水平，推动我国穿江越海地下通道的建设。在建设我国大陆首座海底隧道，也是世界上断面最大的海底隧道——厦门翔安隧道过程中，风化土层、透水砂层就像大片沼泽，风化深槽犹如一个个陷阱。在这样处处充满危险的环境里，他们又是怎样攻克技术难题、造福一方百姓的呢？

01. 吕塘村村志

这是个原汁原味的闽南"九架厝"，通体红砖，屋顶铺着厚厚的黄瓦，檐角呈倒拱状轻轻翘起，依稀能看出明清时期古建筑的风格，倾斜着的长长屋檐围出一个四方的天井，底下拉着一根晾衣绳，挂满各色的背心和大裤衩子。明炽的阳光透过天井将院子的石板砖晒得发烫，放在窗台上的几盆花也耷拉着，提不起精神来，整个院子都在烘烤下喘不过气。

"秀芬，我怎么感觉左眼皮子总是跳？今天是不是有什么事？"老洪摇着蒲扇坐在自己的小书房里，突然扯着嗓门儿高声问着老伴。"左眼皮跳财，右眼皮跳灾，肯定是好事。"秀姐正在厨房里忙活着，头也不回，眼看到中午点了，又催他："别摆弄那些东西了，给囡仔打个电话，问问他什么时候回来？"老洪的儿子在城里工作，因为离家远，坐公交车要折腾一两个小时，索性直接在市区里租房子，只有周末才回家看看阿爸阿妈。

"你都问了好几遍了啦，还得半个小时。"老洪喝了口水，也坐得不耐烦了。他下午还要出门呢，村里的拖拉机最近没活了，村里的书记今天叫他过去一起想想办法。谁不知道他老洪是个能人？一村子人都在地里刨食，只有他老洪机灵，一头扎进了农机里，开农机、修农机，不仅自己进了农机站，还把乡亲们都拉进了挖掘机队伍，乘着厦门特区建设的东风，村里人的腰包都鼓了起来，村里盖起了一排排小楼房，小轿车一辆接着一辆。人人见了老洪，都要竖起大拇指："老洪，村里多亏了你呀！"老洪确实是个实在人，有了钱一点没想着吃喝玩乐，整天琢磨着给村里再多办点事。

那天老洪在村口正转悠着，突然一拍脑门儿："有了，给村里写个地方志。吕塘村虽然是个小地方，可一点都不差！"老伴笑话他："人家地方志都是教书先生写的，你初中学历，怎么写？"老洪偏不信，他说干就干，绕着村子左转转、右看看，还真写出了大半本。这下老伴也没话说了，别人问起她就摆摆手："随他去吧，老洪说不定还真能写出个什么来。"

今天一大早老洪准备写写村里的那块太监碑，但磨了一上午，没写出半个字。一张胡桃木书桌上七七八八摆了一桌子书，都是他这两年买的地方志，但这次要写的太监碑，哪本书都没说过。算了，现在就走。

"我去书记家转转！"撂下一句话，老洪站起身来，抬脚就往外走。七八月份正是一年最热的时候，大中午的日头毒得很，一路走来一个人也没碰到，只有几条看门狗懒洋洋地卧在树荫下。"这鬼天气，一点风都没有，热得人难受。"老洪生得胖，没走一会儿就闷了一身汗，他专挑阴凉处，快步向前走。

进了书记家一看，一张偌大的八仙桌旁满满当当地坐了七八个人，都在吹着风扇、喝茶水，老洪仔细一看，都是村里说得上话的人。今天什么日子，人来这么齐？他来了兴致，搬了个小竹凳子挤了过去："书记，今天有什么大事？"

吕塘村的书记也是洪家人，和老洪同辈，两人经常坐在一块儿商量事情。他个子精瘦，其他人都穿短裤拖鞋，讲究点的套个白背心，不讲究的直接光着膀子，只有洪书记穿着一件翻领白半袖，一条西装裤，整天干干净净，看上去有模有样。洪书记笑盈盈地说："想必你们很多人也听说了，政府打算在我们这儿修条路，直接通到市里，垵山村的书记跟我说，今天还请了个大专家来我们这儿看，现在就在他们村呢。"

"真要在我们这儿修？怪不得我今天眼皮一直跳，果然有好事！"老洪也来了精神，"上次老吴跟我说起，我还以为他在开玩笑呢！真要通到市里，那以后出门不就方便多了！"

一旁的老吴放下茶杯，忙抢话道："当然是真的，我还能骗你嘛，专家都来了。我阿伯80多岁了，连县城都没去过，要是修好了，我抬也要抬着他去厦门本岛看看。"一屋子人都笑了。

"现在上面还不知道到底该修桥还是隧道，今天专家，主要就是过来看这个的。"洪支书不急不慢地补充道。"不管怎么修，我们的挖掘机都能派上用场！"老洪脑子转得快。书记点点头："我找你们来，就是想商量这事。"

"修桥我懂，但是隧道怎么修？"一旁有人插嘴。"好像是要从海底下挖过去。"这下书记也不确定了。"海底下？这怎么挖？那不把人都给淹了？""人家是在海底下的泥里挖洞。""泥里？挖偏一点人就完了！""在那么深的地方挖，喘气也是问题。""这活还得再看看，万一真是修隧道，那太危险了。""是呀，这可是头一回见这么干。"众人一片哗然，开始议论纷纷。

老洪虽说多年在农机站工作有了些见识，可这下把他也搞糊涂了。但他到底与旁人的想法不同，这不是有专家吗，人家是专业的，我们能想到的，他能想不到吗？把路从海底修到厦门岛上去，这可真是件开天辟地的大事，他老洪一个普普通通的农民要是能参与这件大事多光荣呀，到时候说不定村志里也能写写自己。他一拍桌子："书记，不管桥还是隧道，我相信专家，真开始干了，我第一个开着挖掘机去支持。"

八仙桌旁的人散了，但翔安来了个专家的消息很快传遍了这个小村庄，到底这个专家是怎么想的呢，谁也不知道。

02. 风尘仆仆的专家

在距离吕塘村十几千米的海边，那位引起诸多好奇的专家正拿着一沓图纸，眺望着茫茫大海，他身材中等，上身一件棉质的灰色半袖，面庞黝黑端正，眉峰高而凸起，单眼皮，脸上沟壑不平。然而，就是这个貌不惊人的专家,却指引着中国隧道穿山入地,脚步不歇,他就是国内著名的隧道专家,中国工程院院士王梦恕。

王梦恕的身边还跟着一位穿一身西装,长相清秀的小伙子。他是厦门市政府专门负责接待王老的小王。小王听说王院士刚从武汉出完差就马不停蹄飞过来,本来是要接了他直接去酒店吃饭休息的,谁知王老一坐上车,就急切地说道:"我们先去看一看规划线路。"小王傻眼了,嗫嚅着说道:"可是,马上就到吃饭的点了,我怕您身体扛不住。"王梦恕轻轻地笑了:"吃饭有什么急的,一会儿再吃也误不了,我们看项目一定要到施工现场,实地了解掌握周边的环境条件和地质状况。"尽管人刚到翔安,他的心却早已飞到了海边,就在那里,蕴含着中国隧道穿越海洋的希望。

王老这次出门就是奔着要修建中国第一条海底隧道来的。自从一脚踏入了隧道行业,他挺进大瑶山,挑战军都山,创新北京地铁,指导广州地铁……隧道在一代工程人的艰辛付出下穿过一座座或高耸或狭长的山脉,深入一座座繁华喧闹的城市。我们在陆地上已经是如鱼得水、纵横自如了。但是那滔滔江海呀,依旧是中国隧道无法跨越的一道坎。近年来,国内虽已有了修建海底隧道的构想,但建造桥梁这一保守稳妥的做法还是主流,一群专家唇枪舌剑辩了这么久,仍然没争论出一条真正的海底隧道来。

但放眼世界,发达国家早在 20 世纪 30 年代就开始着手修建水下隧道。美国在加利福尼亚、旧金山海湾地区修建了快速交通隧道,日本在关门海峡修建了世界上最早的海底隧道,在津轻海峡修成了世界最长的海底隧道。英吉利海峡隧道连通英法,是运送速度最快的海底隧道。北欧国家如挪威也兴修了 18 条海底隧道,总长度超过 45 千米。国外早已有了无数例子,为何我们还在对着大海望而兴叹?王老决心要让中国的隧道也能穿江越海。他曾参与讨论的武汉长江隧道正式动工,中国隧道开始尝试穿越江河。而今,第一条海底隧道也该提上日程了。

看着王老坚定的眼神,小王知道他的想法不可能再更改,只好给司机下令改道。一行人连行李都顾不得放,坐车直奔坡山村。顶着个大太阳,王老先是和当地干部村民聊,然后又开车、坐船、走路,把这一片转了个遍。

眼看马上就要到1点钟了,小王焦虑地看了看手表,下午3点还安排了领导和王老见面。如果让王老饿着去赴约,自己这接待工作可就彻底搞砸了。王老似乎看出了小王的为难,开口道:"走,回去吧。"小王听了这话,连忙打电话将已等候多时的司机喊来。王老上了车,又探头出来:"小王,不用大费周折,简单吃点就好。""好,好!"小王连声应着,只要王老回去吃饭就好。

一个小时后,两人终于回到了酒店,王老放下行李,匆匆吃了几口饭菜,就又赶往了会议室。打开大门,副市长正坐在里面看着资料,手边的茶水只剩一半,显然已在这里等了一会儿。

见到王老,他忙迎上来,紧紧握住了王老的手:"王院士,您好,您好!久仰大名。上午有个会走不开,实在不好意思。"

王老见他举止真诚,心里也热了几分:"没事,都是为了百姓,我上午去现场转了一圈。"

说着拉开椅子,两人面对面坐定,副市长开口:"这次请您来,主要是看到您发表的有关海底隧道方面文章,想就此向您请教请教。厦门一遇台风,交通就受到影响,实在不利于经济发展。"

王老答道:"隧道在台风来袭时能照常运行,而且对环境、国防都有好处,厦门确实适合修隧道。"

"但是,"副市长沉吟一下,"现在究竟修桥还是修隧道依然存在争议。我曾参与过厦门大桥、海沧大桥的建设,我们在桥梁施工方面绝对可以说是经验丰富。您也知道,海底隧道确实在国内还暂无先例,我们没什么经验,不得不慎重考虑。"

副市长说的都是实话,王梦恕也点头表示理解。"过几天,我们打算再开一个专家研讨会,请大家最终决定这件事,到时候还要请王老您过来把把脉。"

"好!"王老一口答应,"明天我再去现场一趟,丰富下调查资料。到时候一定给出一份能让大家都信服的结论。"

"辛苦王院士了,"副市长站起身来,又握住了王院士的手,"明天我陪您一块儿去!"

随后又是一大堆杂七杂八的事,安排车、安排人手、收集资料,直到晚上八九点王老才终于回到了酒店。简单收拾了一下行李,他就又坐在了书桌前,就着刚才的思路继续研究。

台灯橘黄色的暖光静静地打在书桌上几本厚厚的交叠在一起的资料册上,王老伏案专心看着,不知不觉时间已近深夜。"叮咚——"一声清脆的手机短信铃声打断了他的思路。

拿起一看,原来是妻子何绍俭发的:"回去了吗?早点睡吧,少看会儿书,眼睛要熬坏了。"王老放下手里的资料,立即回了句:"好,你也早点睡吧,别担心我。"随后飞快地洗漱睡觉。

还是妻子了解自己的习惯。这么多年来天南海北到处跑,一年有200多天在工地,实在是有些对不住她。等这阵子忙完了,一定带她好好出去度个假,享受一下二人世界。脸上带着笑,他很快进入了梦乡。

在遥远的北京,何绍俭一个人正躺在床上拿着手机胡乱翻看着,直到收到了王老的消息,她才安心睡去。尽管人不在身边,妻子的心却总是在牵挂着他。他一忙起来,就什么都忘了,经常饭也不好好吃,觉也不好好睡。这样饥一顿饱一顿,天天熬夜熬到两三点,人的身体能受得了吗?何绍俭心里总在担忧着,却也不说,怕说多了嫌烦,只估摸着他什么时候该吃饭了,什么时候该睡觉了,用手机发个消息过去提醒,好歹起点作用。多亏了这部小小的手机,彼此间才诉一下衷肠。

03. 桥与隧之争

几天后,王院士风尘仆仆赶到了会场。这次论证会专家悉数到场,会场黑压压一片人,都在用目光打量着这位院士。王老甚至瞥到了来自军队的领导，显然这次工程建设受到了当地极大的重视。

王老神态自若地走上宣讲台，站定："各位，这是我们在详尽调查研究的基础上完成的桥梁与隧道的比较报告，请大家过目。"现场开始分发资料。拿到这份厚厚的报告，专家们又开始议论纷纷，有人甚至拿起了计算器进行细致运算。王老依旧挺直脊背站着，他看着台下那些挑剔的眼光，内心却依然平静。

这已经不是他第一次参加论证会了，桥隧之争延续多年，他就关注了多年，参与了多年。他深知，要想获得认同，必须要有足够的筹码。那天与副市长详谈之后，他便带着朱光义、郭小红这几个技术人员一头扎进了厦门翔安海域的资料堆里，从每年的气候，到港口，再到航空、地震、生态环境……一项一项全分析了个透彻。这些翔实的数据，充分的理由，科学的分析就是他的底气与后盾。这次他一定要一举拿下！

"院士，我觉得……"有人企图再为桥梁方案辩护，手中的资料翻来覆去，却再找不到一个有力的反驳点，在这样充足的准备面前，他们完全败下阵来。所有人都承认修建海底隧道是最为科学合理的。军队领导也被王老的精神震撼："这是何等的远见与胸襟哪！"得到肯定的王老，心里暗暗松了一口气，这下算是定了。

2005年4月30日，经过多方筹备，厦门翔安海底隧道终于举行动工典礼！王老作为特邀工程技术顾问也被邀请到了现场。这天是个晴天，厦门市政府特意将会场布置在了户外。主会场是一个临时搭建的舞台，台阶上摆满的红黄鲜花与鲜红的地毯、蓝天大海的背景墙相映成趣，舞台上摆放了二三十张桌子，很多领导和专家都来了。舞台前则是一排排的小红帽、小白帽，有的左右扭头看，有的凑到了一起，他们是即将参与海底隧道的建设者，脸上都洋溢着激动的神情。在主会场的前方不远处一列列大卡车整装待发，车头插着迎风飘扬的小彩旗。

在这样喜庆的日子里，台上的王老看着台下的人们，心中却是沉甸甸的。厦门翔安海底隧道工程开建的消息吸引了全国人民，王梦恕这个名字也再次引起学术界议论。海底隧道的确是个创举，但也伴随着极大的风险。一旦有什么闪失,谁能承担这个责任?你王梦恕现在已经是功成名就了,实在没必要做第一个吃螃蟹的人。

前天夜里,就连远在北京的妻子何绍俭也专程打来了电话:"国内第一条海底隧道。梦恕,你这回可了不得了!全国人民,不,是全世界人民都在关注着你的一举一动啊!"他听着妻子顽皮的恭维,呵呵笑着:"哪有那么夸张,咱也让老外看看,我们的隧道技术,不比他们差。"

"只是,"何绍俭突然话锋一转,语气里带上了浓浓的担忧,"咱们夫妻这么多年了,我必须有话直说。这厦门东通道我也在一直替你关注着,我觉得风险还是很大的,一旦修建失败,将会造成难以估量的损失。到时候你会受到多少诋毁与非议,承受多少委屈,你想过吗?这么多年你在外面东奔西跑,我从没有半句怨言,我知道你是为了国家,为了百姓,但现在我们年纪都大了,你也该歇歇了。"

听了妻子这番恳切而直接的话语,王老的心也软了。"绍俭,我也不瞒你,如果这条海底隧道修建失败,我王梦恕在这个学术界,可能也就到这了,只是——"他顿了顿,"院士,所有人都觉得是一种至高无上的荣誉。我以前也这样想。只是真正当上了,我反而心里每时每刻都不安稳。隧道领域那么多人才,国家偏偏给了你这个称号,那是信任你。吃着国家的饭,却不为国家、不为百姓做事,只想着吃老本,混退休,对我王梦恕来说,这才丢脸。

"况且你也知道我的心思,国外已建造了近百条海底隧道,我们国家必须迎头赶上。我不干这个,实在是不甘心!古人云:'居庙堂之高则忧其民,处江湖之远则忧其君,是进亦忧,退亦忧。'范仲淹宁鸣而死,不默而生,他对我而言,是高山仰止,景行行止,虽不能至,心向往之。我相信不久的将来,我们的隧道也可以跨越山海。"

电话那头的何绍俭沉默了,她被丈夫一番激情难抑的话彻底感染了。王老也知道妻子始终是在为他着想,他的心里亦是百般酸涩,他这一生无愧于国家,无愧于人民,单单对不起自己的家庭,对不起自己的妻儿,只能通过努力满足他们的愿望,尽可能去填补这个遗憾:"绍俭,等干完这个,闲下来了,我带你一起去拉萨玩。你不是早就惦记着要进藏吗?"何绍俭也忍不住笑了,那都是多少年前的事情了:"好,我等你。"

"我宣布,厦门翔安隧道正式破土动工!"他的思绪被一阵热烈的欢呼打断,台上领导话语刚落,全场顿时礼花齐鸣,彩带四射,副市长站起身来,与台上人一一握手。王梦恕看着副市长走到他面前,眼里是满满的信任与期待,两人的手握在一起重重一顿:"王老,请您多多指导了!"新事物的诞生必然是曲折而艰难的,我们能做的,就是尽全力保障工人安全,保障施工顺利!

04. 隧道进海水了

老洪至今都记得动工仪式那天的阳光。那时他带着 8 个兄弟,全部坐在倒数第三排的位置,每个座位上都放了瓶水,放了顶白色帽子。多亏了那顶白色帽子,不然他坐一上午真要被晒脱皮!

那天阳光白得刺眼,他在帽檐下眯着眼看了半天,台上人的脸一个都看不清,但他听主持人说了,最中间的是副省长,旁边的旁边是副市长,再往右 8 个位置,是那天来过垵山村的专家,好像姓王,和他差不多大。他就在太阳底下把那个专家从上到下,从左到右看了个遍,好像也没什么特别的。

直到后来,在这儿干了一年多,混成海底隧道的老人了,他才知道,这个王专家,确实有些本事。他就像过去武侠书里的高人,平时很忙,难得见上一面,可隧道里遇到什么问题,还真少不了他镇场。可他又有些不大像电视上看到的那些专家,金丝眼镜,西装革履,说起话来文绉绉的,老洪的很多工友还和他聊过天呢,什么吃过饭了没,最近辛不辛苦,工资准时发吗?原来专家也关心这些问题!老洪顿时对王老有了好感。

在隧道里干活的日子漫长得就像这条似乎永远也打不通的隧道,老洪每天坐在挖掘机里,耳朵是各种机器轰轰的杂音,眼前是水汽喷雾后大灯照射下灰蒙蒙一片,泥泞狭窄的洞子,身上的背心被汗水浸了一层又层，秀芬总是抱怨着洗不干净。

在这单调而乏味的日子里，老洪唯一的乐趣就是喜欢胡思乱想，想头顶上的海是什么样的，想这么深的地方会不会有其他东西，想开工那天白得耀眼的阳光。那阳光可真好呀，那么明，那么亮，照在人身上暖洋洋的，那叫一个舒服。在海底待久了，老洪觉得自己简直都不像个活人了。

每当这时，退缩的念头就在他心里打转：这也太苦了，自己毕竟还是年纪大了，身体跟不上年轻人。可是晚上躺下来又一想，来的时候是拍着胸脯的，就这么灰溜溜回村了，那不是要让全村人笑话？再坚持一个月，实在不行就拍屁股走人。况且，他一点都不孤单，在这海底下，最多的时候有800多个人和他一起甩开膀子干，大家都能咬着牙干，只他老洪要跑吗？

然而今天，老洪觉得格外辛苦些，听说好像是要过什么风化槽，因为各种土、砂、石混在一块，顶上又是30多米深的海水，很容易发生渗水。果然前面人在钻孔的时候，管里突然喷出了海水，忙坏了在场的一帮人，老洪也不例外。他已经累到一根手指头都不想动了，嘴里直嚷嚷："这怎么办？保不住大家都干不了啦！"而在隧道最前方，海水仍在一股股往外涌着，水势越来越大，眼看就要出现失稳征兆，领导们又火急火燎地请王老过来救场。

两个多小时后，王老赶到了施工现场。"现在情况怎么样？"他快步向涌水地方走去，因为情况紧急，他这次又是从机场直接过来的，脚上那双锃亮的皮鞋也没来得及换，在这全是湿泥的洞里走动有些不太方便。

"现在涌水量越来越大，已经达到了每小时 50 立方米，严重超过了我们的预计。"中隧集团翔安隧道 A1 标段项目经理孙振川为了让隧道顺利通过第一个风化槽，已经在现场蹲守了一整天，他的眼里布满血丝，语气越发焦急起来。

在他身后，紧紧跟着几个拿着纸笔的技术人员，王老的学生洪开荣也在其中。他戴着眼镜，长相儒雅，是王老 2003 级的博士生。今天他原本是去找老师探讨博士论文的选题，结果刚一碰面就遭遇这突发情况，索性一起过来了。这是项目第一次穿越风化槽，没有任何成熟的经验可以借鉴，能否顺利解决这个世界性难题将成为翔安隧道成败的关键。能在工地进行现场观摩，这对洪开荣来说也是一次难得的经验。

哗哗的水声从前方传来，王老皱了皱眉，不能拖了，必须尽快解决。他撩起自己的裤腿毫不犹豫地向那狭窄的临时钢梯上爬过去，他还需要看得更仔细些。

"老师，小心点，梯子很滑！要不我替您上去吧。"一旁的洪开荣着急地高声提醒王梦恕，老师如今年近70，在这湿滑的梯子上爬上爬下，太让人揪心了。

"没关系，我可以的，我要亲自看看涌水情况。"在这样危急的情况下，王老的声音还是那么铿锵有力。听了洪开荣的话，王老的动作更加小心，但步伐依旧坚定。他现在眼里只有隧道，什么危险都顾不上了。

时间一分一秒地过去，看着王老依旧稳健而自信的背影，在场所有人的心也渐渐安定下来，有王老在，再大的难题他们也有信心去克服。结合现场的实际情况，王老很快提出了明确的施工方案和解决措施，工程顺利通过了风化槽的危险地段，所有人提到嗓子眼儿的心也终于安稳落下了。

05. 做人与做事

"王老，这次又是多亏了您的及时帮助，我们真是太感谢了！"出了隧道，孙振川激动的心情久久不能平静，再多的话语也说不尽他对王老的满腔谢意。

打通国内第一条海底隧道谈何容易。随着工程推进，在经受强烈风化的陆地进行大断面的浅埋暗挖，在渗水的浅滩沙层进行掘进施工，多次穿越4条长达300米的海底风化槽，这三大世界性的技术难题像三座大山压在了王老的身上，也压在了这些全国一流施工队的身上。

然而，自从开工后，王老仿佛一根定海神针，哪里有技术问题，他就出现在哪里，哪里有险情，他就出现在哪里。项目上的人只要看到了他的身影，心里就踏实了。

"哪里的话，这也是我的责任嘛。"王老亲切地拍了拍孙振川的肩，"现在我的任务完成了，接下来要麻烦兄弟们多盯着了。海底风化槽技术难度最大、风险最高，必须要保障所有施工人员的安全。"

孙振川啪的一声站定："您放一百个心，我们一定严防死守，保证安全顺利通过风化槽！"

进隧道时还晴朗朗的天，倏忽间已蒙上了一层薄薄的暮色。忙活了一下午的王老精神依然很好："我再去会议室和几个技术人员聊一聊，消化消化这次的经验教训。"现在？时间已经不早了，一旁的孙振川劝他："王老，今天实在是辛苦您啦，我们先去饭店吃个饭休息一下吧，我马上订个包间。"话未说完，王老便摆摆手打断了他："不用，你们忙你们的，最近项目工期紧张，哪还顾得上这个。"

送走了孙振川，眼看老师又准备空着肚子搞研究，洪开荣赶紧上前劝阻："老师，晚饭还是要吃的，不然胃受不了，师母可专门私下叮嘱我们要监督您按时吃饭呢。""绍俭背着我和你们这些孩子说了多少事。"王老笑道，"好，听她的。时间紧张，就不搞请客喝酒那一套了，走，开荣，今天我们就去尝尝项目上的美食！"

两人说笑着一道来到了项目食堂，正是饭点，下工的工人一时都涌了进来，手拿饭盒在窗口排起了长队。负责打菜的是个手脚麻利的四川大婶，此时已是忙得分身乏术，口中直嚷着："别挤，都有份！"耳后的几缕散发也顾不得扎。老洪也排在这长队里，隧道安全度过风险，他即使不怎么懂也跟着松了口气。

老洪来得早，此时已排到了队伍前列，正百无聊赖地四处打量着。突然他认出了排在队尾的那个熟悉的身影："是王专家吗，你怎么也来吃食堂啦？"

原来王老和洪开荣一路边走边聊，来晚了些，只能排在了队尾。见到真是王专家，老洪忙对着他招手："快快，来我这个位置，咱们换换，我们吃饭早点晚点无所谓，怎么能让专家等这么久。您那么忙，说起来今天您真是大显神通，那么大的水居然就给制住了。"其他人听了这话，也忙给王老让位置。

王老摆着手，却更往后退了："不用，不用，大家都辛苦，这里哪有什么专家，咱们都是翔安隧道的建设者。"拗不过王老的坚持，老洪最终没有和他换位置，心里却又对王老竖起了大拇指：不愧是专家！有机会一定多交流交流。

终于，师生二人打好饭菜坐定。王老已拿起筷子开吃，一边大口扒拉着米饭一边还招呼着洪开荣："尝尝，这道回锅肉做得挺地道。"吃着吃着又关切地问起了他的情况："开荣，今天还没好好问你，论文准备得怎么样啦？"

一时间博士论文的阴影悄然袭上心头，洪开荣低下头，有些不敢看老师的眼睛。最近他正在狮子洋隧道担任项目经理，这是国内第一条水下铁路隧道，其间需要三次穿江越洋，对他来说可以算得上一次前所未有的挑战。他整日疲于应对工作，在学术研究上花的时间就少了很多。终于，他忐忑开口："老师，博士论文我打算结合自己已有一定基础的地铁工程盾构技术进行深化研究。"这是他深思熟虑后的结果，他认为在这个基础上做论文的工作量要小一些，时间也会快一点。

王老停下了筷子，好奇地看着自己的得意门生："你现在不正在承担我国首座高速铁路特长水下隧道的建设工作吗？这座隧道有几个难点：一是直径10米以上的盾构在软硬不均地层掘进问题；二是高水压下水下隧道施工技术；三是高速铁路长距离盾构掘进对接技术。这些问题作为你论文的研究对象多好呀，你为什么不做？"洪开荣的声音低了下去，他小心翼翼地向老师解释道："这样时间会很长。"

王老面色顿时阴沉起来，忍不住重重拍了下桌子："你是想早毕业？还是想真正地做出有实际价值的学问？"饭也吃不下了，王老索性干瞪着洪开荣，等他的解释。

看着老师因为自己竟发了这么大的火，洪开荣涨红了脸庞，他的嘴唇颤抖着，却一句话都说不出来，只把头深深低了下去，为自己轻率的选择感到无比后悔。

看到洪开荣的沉默，王老知道他也在自责，于是语气缓和下来："开荣，我的老师高渠清在我年轻的时候教导我们，要心系国家，严以律己。在那个年代，高老师在繁忙的教学、科研之余，依然积极关心、参与隧道及地下工程的建设。20世纪50年代初期，我们还没有一条城市地铁线路。正是一代人的潜心钻研，开拓创新，才有了今日城市地铁的发展壮大，乃至惊动世界。"

王老又想起了高老师那高大而清瘦的身影，想起了大学毕业懵懂迷茫时高老师指引他拨开迷雾、继续深造，攻读研究生时高老师怕他饿着在家给他留着营养品，怕他走路太累把家里唯一的女式自行车给他骑，衣食住行处处照顾，想起了历经磨难彷徨疑虑时高老师又鼓舞他坚持信念，勇敢面对逆境。高老师的培养之恩，终身不敢忘！

"高老师曾跟我说：'人这一生，对幸福的理解各式各样，对我们来说，最大的幸福莫过于探索和研究隧道及地下工程的科学奥秘。你还年轻，应当从事业出发，不要考虑个人得失。'"

他握住了洪开荣的手："现在我也把这份沉重的嘱托送给你，作为我的学生，你可以干得不对，但绝不可以不认真去干。现在我们的隧道已经可以穿山入地，但距离穿江越海还有很大的距离。你是个好苗子，老师希望你能站在我们的肩膀上保持与时俱进、探索创新的精神，不断解决更多科学问题，取得更大成绩。"

听了老师语重心长的教导，洪开荣的眼角不禁湿润了，多年施工一线的奔波忙碌让老师的脸庞变得黝黑，脊背开始佝偻，但心系民生、情系国家的胸怀让他的灵魂依旧挺立着，在黑暗的隧道中熠熠发光，指引着学子们向光而行，不断探索隧道领域前沿。

他立即站起身来郑重地向老师承诺："老师，我明白了，我一定不负您的期望！"

王老也笑了："这就对了，遇到什么问题都可以来找我，老师是你的后盾。不要怕，放手去干。"

06. 圆梦海底隧道

以后的日子琐碎而又漫长，王老依旧在为厦门翔安海底隧道扫平难关，同时青岛、大连，各地的海底隧道纷纷开始兴建，他几个地方到处跑，竭尽全力地给予指导。回家的日子更少了，但他的心里是高兴的，国内水下隧道越来越多，渐成趋势，修建技术也逐步成熟，看来，穿江越海的时代即将到来。

接下来，就要筹划三大海峡隧道了。这样的重点工程必将又要花费无数的时间与心血。如今自己已一截一截矮了下去，但好在多年的耐心培育下，洪开荣等年轻人如雨后春笋般冒了出来，并逐渐成长为挑起大梁的人物，已能将狮子洋隧道这个世纪工程搞得有声有色。时间不等人，王老决心要在自己还有力气的时候多帮一把，隧道未来的发展就要靠他们了。

而老洪这边依旧在暗无天日的隧道里挖呀，凿呀，尽管天天嚷着要退休回家，继续写村志，但居然也坚持着干下来了。2009年6月，他正在海底70多米深处幽暗潮湿的洞里小心翼翼地操纵着挖掘机朝前挖着岩石，谁知铲斗一碰竟突然透出抹亮光，老洪从挖掘机上下来，一阵温柔清新的风朝他扑面而来，接着亮光逐渐扩大，后面竟出现了一张张同样戴着红色安全帽、黝黑粗糙的脸，脸上的皱褶都快笑成了一朵花。

翔安隧道打通了！在场的人都欢呼起来，他们一个在翔安这头，一个在厦门那头，尽管都是在挖翔安隧道，可距离远，从来也没见过面。此时此刻，他们竟像是认识多年的老朋友一般，纷纷爬过缺口拥抱了起来。

老洪没有欢呼，他眯着眼睛只是站在那里看着，还有些不大适应，打通了？真的打通了？他全身轻飘飘的，感觉好像是在梦里。一个陌生的汉子跑过来一把抱住了他,这个人力气很大,一双手把老洪的后背拍得生疼。"哎哟喂,兄弟,疼疼疼!"他确定了,是真的,不是在做梦!

那天,嘴里一向喊着"隧道里太苦了,哪个受得了"的老洪离开的时候竟有些舍不得,他知道自己不是留恋这黑暗闷热、让人发疯的海底,而是舍不得这一段埋头苦干的经历,舍不得这群和他一起并肩作战的人们。

临走前,他特意拾起了一块地上的石头装在裤兜里带走,这是自己参与厦门翔安隧道建设的见证。回村后,他要拿着这块石头,给自己的老伴、儿孙,还有村里人都讲讲这段故事。在海底下打隧道,这可是中国开天辟地头一回,我老洪也是个干过大事的人。

2010年4月26日,这对吕塘村、翔安区、厦门市都是一个重大的日子:厦门翔安隧道就要正式通车了。早上不到6点,老洪就起来了,他昨天翻来覆去,一晚上都没怎么睡。换上一身新衣裳,包好那块海底70米深处的石头,老洪连饭都顾不上吃,早早就出门去看隧道通车。

他是坐公交车去的,到的时候已经有很多市民在外面张望了,很多人都在拿着手机拍来拍去。外面有什么好拍的?老洪再往前挤,隧道口竟筑起了一座6米高的大雕像,三个戴着安全帽的人或拉或举,力量感十足。他整个人更飘起来了。

正要往里走,旁边站着的保安就过来拦人了:"大爷,通车仪式马上就要开始了,行人不能进去。等到10点大家就都可以进去了。"老洪忙掏出那块石头给他看:"我是翔安隧道的建设者,你看那里还竖着我们的雕像呢,在里面干了这么久,究竟通车是个什么样子我也没见过,我想早点进去体验一下。"保安看见那块石头也很高兴,侧开身子做了个请的手势:"大爷快进去吧,海底那么苦,你们都不容易。"

隧道里彩旗飘扬、人头攒动,如同一幅喜气洋洋的通车庆功图。市里的新老领导都来了,曾经一块儿挖隧道的工友们也来了。10点,一声"通车啦"响彻隧道,他们同坐750路公交车出发,从翔安坐到了厦门岛内,又从厦门岛坐回了翔安,中间还看到了一幅巨大的浮雕,讲的就是那次风化槽的故事。"这多好！该给王专家也看看。"老洪拿着手机也开始拍个不停。和王专家那次食堂偶遇之后，两人日渐熟络，老洪甚至有了王专家的电话号码。也不心疼钱了，老洪用彩信直接在手机上给王专家发了浮雕的照片。

一路风驰电掣，公交车很快到了厦门岛，老洪一看时间，差不多才10分钟。"这下好了，隧道这么快，儿子都可以搬回来住了。"一家人终于能团圆了，老洪又是骄傲，又是喜悦，身边的工友也个个心里乐开了花。他们都不想下车了，就在这隧道里来来回回坐了好几趟。

10点多，翔安隧道正式向市民开放。四面八方无数辆车如百川归海一般汇入了海底隧道的洪流，甚至还有市民专门搭乘出租车过来只为一睹隧道真容。一时间，翔安隧道内川流不息，厦门人民跨海交通、跨岛沟通的梦想，也将如这一辆辆飞速行驶的汽车走上加速发展的快车道。而老洪他们离隧道不到20分钟的小山村也必会产生翻天覆地的变化，他那业已成形的村志又将加入许多新的故事。只是，那些一起干了快5年的工友，那个说话爽辣的食堂妹子，那个一心扑在工地的项目经理，还有那个神通广大的王专家都不能写进自己的村志里。啧啧，多么好的素材呀，他们要都是我们村的人就好了，可惜可惜！

看到老洪拍的照片时，王老并不在厦门翔安隧道的现场，他正与妻子何绍俭坐在拉萨街头的一家咖啡馆里，等着自己学生的到来。随手将照片保存下来，王老还像个小孩一样给绍俭炫耀了一番，尽数交代了自己与老洪的交往史。绍俭笑得直弯腰："好，难为人家还想着你，回家就把它打印出来，给你裱到墙上！"

距离动工仪式时的承诺过去了近5年，王老终于抽出时间和妻子一起出来度假，地点就选在了妻子向往已久的日光之城——拉萨。又是太阳镜，又是防晒霜，又是纱巾、雨伞、感冒药，带了整整两大箱行李，两人终于高高兴兴出发了。

没想到刚过来不到一天，洪开荣就打来了求助电话："老师，狮子洋隧道最近也到了攻克海底破碎带的关键时期，有些问题想问问您的意见。"广深港高铁狮子洋隧道是中国首条水下铁路盾构隧道，而穿越狮子洋海底破碎带这样的难题在国内实属首例，没有任何成功经验可以借鉴。望了望一旁正默默规划明日行程的绍俭，王老心里一动："开荣，你来拉萨找我吧！明天上午我们见面详谈。"

洪开荣也在奇怪，老师为什么会在拉萨呢，难道那里准备新上什么项目吗，自己也没听到什么风声。来到拉萨一看，他才明白了，原来老师和师母正在度假，自己却一通电话打断了他们的休息计划。洪开荣顿时有些不好意思起来，老师却一把将他拉过去坐下，一沓厚厚的资料已经准备好摆在桌子上了。

王老向着妻子满脸堆笑："绍俭，我要和开荣讨论一下工作，委屈你先到外面的街上转一转，我们下午再一起逛。"绍俭佯装恼怒地白了他一眼："知道你是个大忙人，工作怎么也丢不开。我自己到处转悠转悠，你们不用管我。"随后又笑着和洪开荣打招呼："开荣，你们聊吧，下午正好也一起出去走走，给我和梦恕照张相！"洪开荣赶忙一口答应。

在这个小小的咖啡馆里，两人的思绪，由雪域高原飞到了遥远的狮子洋。从万里长江第一隧道武汉长江隧道，到国内首条海底隧道厦门翔安隧道，再到中国第一条水下铁路特长盾构隧道狮子洋隧道，随着这些重大工程的陆续建设，中国隧道穿江越海之梦已然一步步挂上了白帆，只待一阵东风便可乘风破浪，遨游万里。

07. 跨越时空的传递

2020年8月22日，一场隧道与地下工程领域的盛事在广东汕头举行。众多行业权威齐聚一堂，共同探讨我国穿江越海隧道建造技术难题及应对措施。洪开荣作为中铁隧道局总工程师也在出席之列，并在会上做了《穿江越海大直径盾构隧道技术的创新与突破》报告。报告完毕，台下一片掌声，甚至还有老前辈欣慰地拍了拍他的肩："不愧是王梦恕的弟子！王梦恕走了，他执着这么多年的梦，就要靠你们来实现了。"

洪开荣郑重地点点头，他的眼前模糊了，仿佛又回到了2018年的那个春天。

那时王老因脑出血再次住进了医院。洪开荣正在"世界级挑战性工程"汕头海湾隧道施工现场探勘，它是目前国内首条在8度地震烈度区建设的海底隧道，超高的难度需要专家进行不断的深入研讨指导。得知老师的病情后，洪开荣立即飞往北京去看他。

进了病房，病痛的反复折磨已让王老说话都很勉强，他头发花白，躺在那张雪白的病床上显得那么轻，在洪开荣的心里却依旧是那么重。师母看起来也憔悴不少，老师一生如飞鸟般四处漂泊，作为他背后的女人，她从来只是默默无闻地关心着老师。如今这只倦鸟终于归巢，师母竟以超乎想象的坚强站了出来，与医生沟通了解病情，接待前来探望的学生、朋友，擦洗喂饭伺候床前，她只一心一意照顾他，再无他愿。

洪开荣来到老师病床前，轻手轻脚地帮老师把床摇起，枕头垫高，老师已是耄耋之年，而学生曾经一头浓密的黑发间也染上了许多白霜。这么多年来，师生二人都忙于工作，发愤忘食，乐以忘忧，竟不知老之将至。

王老尽力坐起身子，用一双混浊的眼睛亲切地看着这个早已在隧道工程领域挑起了许多重点工程大梁的学生，自己虽然已经垂垂老矣，但在他的身后，还有着这样的一群孩子。为国为民、心怀天下的师生情怀，隧贯山河，道通大下的隧道精神，将由他们继续传承下去。

他断断续续地开口问道："汕头海湾隧道的建设还顺利吗？"洪开荣忙开口："东线盾构机已经准备正式掘进了，在这次建设中使用我们自己产的盾构机，也多给民族工业一些成长机会。"

王老虚弱地笑了："好，这个想法好，老师支持你！一定，一定要把它建设好，为未来，为台湾海湾隧道做好技术储备。到时候，无论是山岭，还是江海，都阻挡不了隧道前进的步伐，都阻挡不了人们交流的步伐，到时候……"王老的目光飘向了远方，眼前似乎已经出现了那样的场景：地面上是行人如织，而在地下，构建起了一张四通八达的交通网。

隧道穿过地下，飞越江海，天下之大，任我遨游。画面一转，他似乎又看到了那个熟悉的消瘦背影：我没有辜负您的期望。老师，高老师！

这次探望之后，王老的病情一阵好，一阵坏。9月20日，王老的病情再次加重。此时的洪开荣刚从马来西亚参加隧道技术研讨会回来，在深圳机场刚下飞机，一打开手机就是同门的十几个电话，他心里猛然一沉，忙回拨过去。电话那头传来哽咽的声音："是开荣吗，王老师他今天中午，已经走了。"洪开荣听了这轻轻一句话语，如五雷轰顶般愣在了原地。那个教导他做人、教导他技术的恩师就这样与世长辞了！阳光透过落地窗倾洒在一排排座椅上，来来往往的登机乘客拖着行李箱依旧步履匆匆，人间依旧波澜不惊、岁月安好。可是，那个一心牵挂着人间，在隧道工程界如山般屹立着的泰斗，他最亲爱的老师王梦恕，却猝然倒下了。

"让老师歇歇吧，这么多年一直东奔西跑，从没停过，他太辛苦了！从今以后，老师的梦想就靠我们了。"洪开荣轻声说道。王老一生桃李满天下，他精心培育的学生们如今都已成长为品学兼优的高水平科技人才，奔走在祖国各地的重点工程项目的建设一线中。他们个个不同，却都有着一颗拳拳报国之心，一颗要为祖国隧道工程事业奋斗终生的求索之心。那是中国隧道人代代传承的精神。

王梦恕就如那颗耀眼的北辰星，居其所而众星拱之。一时间，北京城内隧道人才济济一堂，朋友、学生、领导皆身着黑西装，胸戴白花，神情沉痛肃穆。洪开荣随着悼念的人群缓缓走近老师，老师如今身披鲜红的国旗，四周芳草环绕，正映衬他高洁的品格。他郑重地向恩师深深鞠躬：云山苍苍，江水泱泱，恩师之风，山高水长。

转眼间两年的时间过去了，如今汕头海湾隧道双线成功穿越汕头海湾，攻克了海底孤石、基岩、8度地震烈度区等世界级施工难题，掀开了穿江越海隧道建设的新篇章。如今穿江越海的时代已经到来，蓝图已经绘就，可老师却已经看不到了。不，洪开荣觉得老师的双眼似乎还在默默注视着自己，鞭策着自己。老师在天上一定也牵挂着我们，牵挂着隧道吧。论坛过后,晚上洪开荣禁不住多喝了几杯,他泪眼蒙眬地斟了一杯酒,遥对着那波光粼粼的海湾和海上一轮皎洁的明月:"遇山逢水,一隧穿越。匠心不移,代代相承。恩师千古,吾辈当继前人之志,建百世之功!"一阵海风吹过,白浪轻轻击打着海岸,似乎是在应和他的话语。

1

2

1 国内首条海底隧道——厦门翔安海底隧道施工现场

2 2009年11月5日,厦门翔安海底隧道正式贯通

3 建成通车后的厦门翔安海底隧道

第三章 高度

阿尔金山，蒙语意为"有柏树的山"。五代时期曾有《白雀歌》诗云："金鞍山上白牦牛，白寒霜毛始举头……嵯峨万丈耸金山，白雪凝霜古圣坛……山出西南独秀高，白霞为盖绕周遭……"现在，柏树已经看不见了，更多的色彩是金色，一种隐藏的、最富有光彩的色彩，它本身也是隐秘的，裹藏在高原的最深处，地域严酷的自然条件和高山深壑的阻隔使这里人迹罕至，山体上见不到绿色，地面上植被也极其稀疏，整个保护区内没有一棵树，原始的高原生态系统，特殊地理位置所营造的丰富的地理奇观，使其成为西北荒漠与青藏高原过渡地带的一个特殊区域。

在平均海拔4000米以上的雪域高原之上，直到19世纪初，人类的足迹才第一次踏上这片纯洁的热土。从那以后，一个世纪的岁月里，除了少数游牧者和可耻的偷猎者，阿尔金山的土地随着漫长的时间，伴随着无尽的荒凉和沉寂，被人们遗忘在了时间的尽头。直到2016年，一群扛着奇形怪状的仪器和设备的外地人，毅然闯入阿尔金山，从此，亘古的平静被骤然打破，时间的轮轨已悄然变更，阿尔金山终于迎来了它的历史性的时刻。

01. 阿尔金山的初识

1月份的阿尔金山，正值南疆高原最寒冷的季节，最低气温将近零下30摄氏度。刚一下车，还未来得及吸上一口稀薄的空气，徐学斌就被遍山的白雪刺得睁不开眼，利剑般的阳光裹挟着强烈的紫外线直射下来，经过如镜面般光滑的雪地的反射，晃得人头晕眼花。

这是徐学斌第一次踏上海拔4000米以上的高原，被刺骨的寒风一激，徐学斌马上回过神来，身后的付志伦问道："就是这里了吧！"

徐学斌"嗯"了一声作为回应，抬腿向前走着，脑海中却止不住地回忆起几天前的夜晚。他的老领导来到他的办公室，搬了一把椅子坐在对面，问道："小徐，这次带队去高原害不害怕？"徐学斌笑得有些局促："不害怕，就是没上过高原，有些紧张。"老领导和蔼地笑了，看着徐学斌像看着自己的孩子："小徐，不用紧张，这些年咱们什么场面没见过，高原也没啥，咱吸着氧也一样干！"听着老领导的玩笑，徐学斌也开心地笑了起来。老领导接着说道："那边天气冷，记得多带几件棉衣，上高原之前记得先把'红景天'吃上，要在前一天晚上吃才管用。"听着老领导如慈父般的叮嘱，徐学斌一直以来紧张而沉重的心情也缓和了许多。

自从公司接到格库铁路的中标通知书后，徐学斌的心里再也无法平静，他总觉得自己对那片从未谋面的雪域高原有着魂牵梦萦的牵挂。在公司开会时听同事介绍说，本次新中标的格库铁路位于新疆巴音郭楞蒙古自治州若羌县境内，进入新疆境内穿越阿尔金山及罗布泊沙漠戈壁滩，属高寒高海拔无人区。这是全世界罕见的边缘高原高海拔铁路项目，他们承建的标段就包括全线最长隧道——13.195千米的阿尔金山隧道……生产生活用水从100多千米外运送而来，施工用电从200多千米外接入，生活物资、机械设备、钢材、水泥等从600千米外的库尔勒、格尔木等地送到工地。

开完会后，徐学斌立刻开始查阅阿尔金山的相关资料。4000米以上的海拔高度，在素有"死亡之谷"之称的阿尔金山中开凿一条隧道，这令参加工作近20年、走过祖国大江南北的徐学斌也暗暗心惊。公司在中标后第一时间就为徐学斌所在的测量组下达了导线复测任务,只是人选迟迟没有确定下来。在海拔4000米的高度之上,要保持身体健康已属不易,更兼阿尔金山无人区,正常的衣食住行不仅无法保证,在恶劣的自然环境和天气条件下,在隆冬时节走过荒漠戈壁,完成繁重的测量任务,这已经超出了人体承受极限。

徐学斌不知自己哪来的冲动,毅然找到老领导,申请作为队长带队前往阿尔金山完成测量任务。徐学斌看着老领导的眼睛,只说了五个字:"我想去格库。"

这位老领导是徐学斌参加工作以来的第一位师傅。1996年毕业的徐学斌刚参加工作时连测量仪器都认不全,这位兢兢业业又慈祥和蔼的老师傅从手把手教他使用仪器开始,20年来一步步看着徐学斌成长为公司测量专业的骨干人才。

老领导犹豫了好一会儿,缓缓地对徐学斌说:"其实公司已经定了由你带队去格库进行导线复测,我一直心中没底,也没对你说。当然我不是怀疑你的专业,你的测量专业水平在全公司都是有目共睹的,其实这次的带队任务也非你莫属,但是……"说到这里,老领导眼里充满了担忧,"你知道,阿尔金山的情况在全世界范围内都罕见,我怕你身体经受不住。"

徐学斌看着老领导关爱而又担忧的眼神,坚定地说道:"师傅,相信我,我肯定能行!"

开始的激动和兴奋马上被即将成行的忧虑和紧张所取代,徐学斌在出发的前几天就开始每晚都睡不着觉,一方面是繁重的测量任务,一方面又是未知的无人区高原,这两方面压力像是一双无形的巨手扼住了他的咽喉。看着徐学斌如此焦虑,老领导决定为自己的爱徒宽宽心,这才来到办公室和徐学斌谈谈心。

……

"我们该走了。"司机大哥的一声呼唤把徐学斌从回忆里拉了出来。

"为什么？不是刚来吗？咱们不是说下午再回去吗？"测量队中的小伙儿刘斌急切地问道。

司机大哥巴图尔是一位土生土长的新疆人，在距离格库铁路工地最近的依吞布拉克镇已生活30多个年头，在徐学斌测量团队到达的第一天，就被请来作为团队的司机兼向导。巴图尔从车上下来，对着刺目的太阳伸了一个懒腰，操着一口浓浓的维语音调的普通话慵懒地说道："不知道你们看到西边的云没有？下午要下雪了，一旦走得慢了，大雪封路，咱们可就回不去了，你们带的那点吃的，都吃不到明天。"

刘斌沉默，悻悻地坐回车里，付志伦冲着徐学斌的背影高声喊道："徐队，我们该走了。"徐学斌不免有些懊恼，才第一天来现场，就赶上风雪天气，这可不是一个好兆头。俗话说，万事开头难，没想到第一天来连头都开不了。他只好跟随着队员们坐进了车里。

一路无话，巴图尔对路线极为熟悉，载着测量小组4个人的皮卡车如同一匹脱缰的野马快速地奔驰在荒凉戈壁上，车子里放着不知名的维吾尔族歌曲，巴图尔跟着曲调有一句没一句地唱着，测量小组4个人忧心忡忡地坐在车子里颠簸着。

执行本次勘测任务的团队共有30人。导线复测人员分成GPS组、水准组、全站仪组3个大组，5人一小组，6台车，各司其职，统筹协调，展开工作。其实看似庞大的队伍中，专业测量人员不足1/3，大部分人员由技术、机械、物资、后勤和当地临时雇用的司机组成。徐学斌所在的小组正是任务最为繁重的GPS组，作为本次测量团队的队长，人手不足的问题成为压在徐学斌心里的又一座大山。

车子在戈壁滩上飞驰了一个下午，终于在天黑之前回到了若羌县依吞布拉克镇驻地。此时，寒风骤起，下起暴雪，高原的寒风刺骨且穿透力强劲，失温迅速、寒冷异常，大大超乎所有人的想象。刘斌刚一下车，头上戴的雷锋帽就被风掀了去。"哎，我的帽子！"话音还未落，在他身后的徐学斌就一把接住了帽子抛了回去，刘斌用力地戴上了帽子，感慨了一句："真冷！"巴图尔见状爽朗地笑了："可把衣服扣好了，一会儿衣服也被风吹去了。你们快去吃饭,我回家了,明天见吧!"

徐学斌拿着手机,盯着屏幕上的信号标志在马路两旁绕了好久,终于拨出了今天的第一个电话,在确认其他两组队员全部安全返回驻地并吃过晚饭后,徐学斌才带着队员们来到一家为过往车辆提供服务的小饭店吃上了今天的第一口热饭。一人一碗汤面,5个汉子吃了个精光,付志伦笑道:"从来没吃过这么好吃的面条!"

依吞布拉克镇无常住居民,平日里只有镇政府办事人员在镇上办公,目前他们已全部放假。饭店的老板娘看几位队员们吃得高兴,主动和他们攀谈了起来:"你们也是来这里旅游的?"徐学斌看看其他几位队员,心想,这老板娘八成是把他们当成野外"驴友"了,于是笑着说道:"大娘,我们来这儿是修铁路的。"

老板娘一听就乐开了花:"修铁路好啊,修铁路好!修铁路我们这儿客人就更多了,修铁路好!"

听着老板娘质朴的话,队员们纷纷笑了起来。老板娘继续笑盈盈地说道:"你们也是来得巧,明天我就要和我老公回家过年了,你们晚来一天都吃不上这顿饭,这附近就我们这几家,其他家也要走了。"

徐学斌一听顿时慌了神,这才刚来第一天,要是饭店全关门,那岂不是以后连一口热饭热菜都吃不上了?徐学斌赶忙问:"大娘,您知道这附近还有没有留这儿过年的饭店?我们刚来,还要在这儿住一段时间。"

老板娘一听也犯起了难,同情地说道:"我们这几家都是服务过往游客的,我们家也不在这儿,最近都要回家过年,你们可以去镇里面的几家饭店问问。"

说走就走,5个人赶紧结完账,发动车子朝着镇里开了进去。可惜天不遂人愿,一连问了五六家,一听要到晚上七八点才来吃饭,店主纷纷表示不同意。当地店铺晚上关门很早,一般下午4点多就开始关门歇业,要延迟关门几个小时,还要晚上准备20多个人的饭菜,店主听着都摇头,不由分说直接一口回绝。

走到最后一家店门口,就连一直乐天派的刘斌都有些灰心了,怏怏地说："这以后我们每天都要啃干面包、喝凉水了。"

由于白天测量任务极为繁重，按计划每天每名测量队员要在戈壁滩上连续工作10个小时以上，饿了就只能吃些饼干、面包、馕等干粮充饥，而随身携带的矿泉水在刺骨的寒风中也变得异常冰冷。

徐学斌宽慰刘斌："我保证让你们吃上一口热乎的饭。最后一家，实在不行，我就给他跪下来求他。"开着玩笑，几名队员迈步进入店内。老板娘正要关门打烊："今天已经关门了，没饭了！"徐学斌赶忙说道："老板，我们要和您商量个事……"听完徐学斌的话，老板娘头摇得像拨浪鼓："不行不行，我们等不了。"而在队员们一再地恳求之下，老板娘着实犯了难。

听到屋外的喧闹，老板从屋内走了出来，仔细地了解了情况，听到队员们是来修铁路的，老板竖起了大拇指："原来是修铁路的，这事没说的，以后你们几点回来，我俩就等你们到几点！"徐学斌激动地握住了老板的手连连表示感谢，这位一米八的新疆汉子有些不好意思："别看我们这儿人少海拔高，我们当地人的人心更高，海拔高，人心更高！"

解决了吃饭问题，三个组的队员们就在镇里的小旅馆会合，在简单地交代了第二天的测量工作后，几个大男人就挤在了唯一一个房间的唯一一张床上草草地睡了。

时间不等人。在接下来的日子里，三组测量人员顶严寒，冒风沙，抗大雪，只有趁着风停雪歇的间隙见缝插针，抓紧实施线路复测工作。忍受着高原反应的各种症状，看沙漠、看戈壁、看雪地，四周景色异常相似，安静得令人生厌，极易使眼睛生痛疲惫。在测量过程中，赶上风雪天气，人走在路上连站都站不稳，风雪裹挟着沙尘打在脸上像针扎一样。尽管测量人员裹着棉袄，戴着厚厚的棉帽，可站在工地上，仍能感觉到透骨的冰凉，手脚时常被冻得失去知觉。茫茫高原戈壁滩，凛冽风雪刺骨寒。30名测量队员在大自然无情的肆虐之下遇到了无数的艰难险阻，但真正的危险还未到来。

2016年1月18日，这是一个令所有测量队员都刻骨铭心的日子。这一天，天刚蒙蒙亮，测量队员们如往常一样早早起床，此时屋外已经吹起了寒风。坐到车上出发后，狂风尤甚，风沙夹杂着细雪打在车窗上啪啪作响，此时队员们正在车上就着携带的热水啃着干硬的馕饼，这是一天中唯一能够喝到热水的时候，队员们都在享受着这一刻的清闲。

突然，徐学斌的手机响了起来，是水准组组长何文浩打来的。刚一接起，何文浩焦急地在电话另一头吼道："徐队，我们的车陷住了。"

"在哪个位置，联系项目救援车了没有？"

"联系了，就在刚刚，救援车也在路上陷住了。"

徐学斌的电话开了免提，车内队员一时间都陷入了沉默，徐学斌无奈地说道："报个位置过来，我们先去你那儿看看。"

队员们已无心再享用早餐了，急匆匆地赶到事发现场。昨天晚上下了一夜的雪，积雪混着沙砾和泥水形成了一片泥泞的"沼泽"，水准组的三菱车4个车轮都陷入了泥潭之中，一发动只能不停地空转。徐学斌见状只能让全站仪组的队员停止工作，前来帮忙营救。

全站仪组组长刘鹏带着组员们赶到了事发地点，刘鹏下车一看，哭笑不得地问道："徐队，这怎么办？这救援车也坏在半路上了。"

徐学斌满脸苦笑："还能怎么办？推呗，要不叫你们来干吗？"

经验丰富的司机巴图尔自告奋勇地坐在了驾驶位上，徐学斌带领着队员们簇拥在三菱车后面。天公不作美，风雪来得更加猛烈，冰冷刺骨的雪花伴随着凛冽的寒风直打在队员们的脸上。此刻顾不得那么多，20多名测量队员随着一声令下一齐发力，推着车子向前，在高原严重缺氧的环境下，仅是徒步10分钟，身体就会出现各种症状，众人全力推车，每前进一步都要付出巨大的努力，每推5分钟，大家不得不停下来弯着腰大口喘息才能恢复体力，整整20分钟，终于将重达2155千克的车子推出泥潭。

在车子"上岸"的一刹那，所有人都坐在了雪地上，在这寒风刺骨的天气里，每个人的汗水早已浸透了内衫，头上、脸上随着汗水的蒸发冒着热气，徐学斌赶忙招呼所有队员马上上车，以免感冒。20多名队员，三台车，经过短暂的休整，又急忙赶到项目救援车事发地点，故技重演，将救援车也推出了泥潭。

重整行装之后，天气依然没有好转的迹象。测量所用仪器设备冻得如硬铁一般，队员们经过两次"奋战"，手脚早已冻得失去知觉，徐学斌只好下令收工返回。

回程的道路本就泥泞难行，加之风雪的摧残，车子在颠簸中数次偏航。密集的风沙带着雪水吹到车子的前窗上，在玻璃上糊了厚厚的一层泥水，雨刷器也被泥沙卡住失去了作用。从山上下来，是一段长长的陡坡，在前窗泥水的间隙中，巴图尔突然发现，前方陡坡尽头，两辆车撞在了一起，把路口已完全封死。

巴图尔紧急踩住刹车，但是车轮早已在湿滑的泥水中滑了出去，车子由于下坡的惯性止不住地朝着两辆车滑行而去，情急之下，巴图尔大声喊道："抱住头！"众人纷纷弯腰，用帽子紧紧包住头部，随着巴图尔猛地一打方向，载着5个人的车子直接歪斜着飞出了路边，倒翻在了路边的积雪中。

由于有厚重的军大衣和帽子的保护，徐学斌最先从倒翻的车内爬了出来，又急忙拉出了坐在身边的刘斌，付志伦和巴图尔先后从两侧前排车门艰难地爬出，只有额尔德木图在翻车时被仪器砸伤了脚，所幸全体人员身体尚无大碍。

倒翻时，在安全气囊的冲撞之下，巴图尔脸上已"挂了彩"，满脸愧疚地看着徐学斌："徐队，我……"徐学斌看着巴图尔脸上的伤口，心疼地说道："不用说了兄弟，这不怪你，咱们还活着，这是不幸中的万幸。"

巴图尔看着额尔德木图受伤的脚，听完徐学斌的话，忍不住地流下眼泪，5位经历生死的兄弟在漫天的风雪下紧紧地抱在了一起……

最终，在巴图尔的坚持之下，额尔德木图被送往医院疗伤，医生说："好在没有伤到骨头，卧床休息两三个月就能恢复了。"听完医生的话，大家都舒了一口气。

但在片刻的放心之后，徐学斌又皱起了眉头。额尔德木图作为GPS

组的主力队员，受伤之后，GPS组的测量人手更是捉襟见肘，人手问题已相当严峻。

回到驻地后，徐学斌组织全体测量人员开了个短会。仅仅过去几天，大家黑黑的脸上"高原红"的痕迹明显，浑身上下被工地上的尘土包围着，头发被高原的大风吹乱了，看上去俨然是地道的当地维吾尔族老乡。一向活泼的刘斌此刻累得瘫坐在椅子上，面无表情地撕着白天裸露在阳光下的"皮儿"，干皮下面是新生的白嫩的肌肤，在黝黑面堂的衬托之下，显得那么刺眼，大家脸上、脖子上黑一块、白一块，好像都在痛苦地迎接着皮肤在阳光下的"重生"。

看到这些，徐学斌心里很不是滋味，想到自己来这儿的第一天，手机信号时断时续，家人联系不到，第二天嘴唇就干裂到无法进食，他顶着强烈的紫外线开工，身上常会晒脱一层皮，洗手疼，长新皮时更疼。入夜因为缺氧，大脑如被针扎，每日昏昏沉沉。

徐学斌刚一开口，便已哽咽："兄弟们这些天辛苦了，今天也都辛苦了。"人家互相看看，眼圈却早已红了起来，一时间昏暗的旅馆小屋里陷入悲伤的沉寂中。

过了许久，徐学斌控制住了情绪，站起身来说道："无论咱们经历了什么，咱们的测量还是要继续下去。今天额尔德木图受伤了，没办法继续参加接下来的工作，现在的人手已经严重不足，首先要解决的是人手问题。"

就在大家一筹莫展之际，一向寡言少语的付志伦说道："没有别的办法，我们只有当老师，从团队中的非测量人员中选一些出来，手把手对他们进行简单培训，老手带新手。"

付志伦的提议得到大家积极响应，"1·18事件"的第二天，一场学习的风暴在30人的测量团队中如火如荼地展开，装载机司机、小车司机、开挖队长、机械队长、质检员都投入了对测量仪器的学习中来，甚至像巴图尔一样的当地司机，都被团队气氛感染，帮助测量队扶标尺。

在测量结束的那个晚上，徐学斌最后一次和队员们躺在一起，在大家睡熟之后，他打开了手机中的测量日记，写道：

> 风沙侵蚀着他们的容颜，却磨平不了理想的棱角；海拔吞噬着他们的气息，却改变不了热血的激荡。在这海拔4000米的高度之上，一个来自天南海北的30人的小团队，历时20余天，完成70多千米的前期导线复测工作，为下一步工程施工打下基础，在一起度过了一段难以磨灭的时光，他们没有感人肺腑的话语，也没有惊天动地的事迹，但他们在茫茫高原戈壁滩上，用对祖国的忠诚和他们沸腾的热血与行动，谱写着一曲曲赞歌，艰难困苦，向光而行，汇聚成旷野高原上的中国隧道力量。

徐学斌第二天坐上了从阿尔金山返回重庆的飞机，一出机场，徐学斌看到了那个熟悉的身影，他的老领导、老师傅，正在焦急地等着他，他的脑海中却突然浮现饭店老板的那句话："海拔高，人心更高！"

02. 高原戈壁的重逢

徐学斌再次回到格库铁路项目，已经是2018年的深秋，距离导线复测离开阿尔金山已经过去了两年。在重返格库的路途上，徐学斌思绪难平，脑海中闪现的全是那段鲜活的岁月，越发激动难以自抑。

从外地前往阿尔金山，须乘飞机先到青海西宁。一般本地人都会建议在西宁住上一晚，让身体适应海拔高度的落差，以免出现严重的高原反应，再从西宁乘飞机到青海省海西蒙古族藏族自治州茫崖市的一个叫花土沟的小镇。飞机一周只有4班，如果赶不上当天的飞机，可能还要等上一到两天。花土沟镇海拔2800米，在一条笔直的国道上，顺着阿尔金山脉继续向上攀行，便是格库铁路项目建设驻地。徐学斌有过高原生活的经验，加上急切的心情，自然不会选择留宿一晚，在和项目驻地相关人员取得联系之后，便快马加鞭赶往项目驻地。

前往项目驻地，只有G315线一条国道，手机只有在距离项目5千米以外的道路旁边才有信号。道路两侧是阿尔金山雄壮的山脉，徐学斌带着翻飞的思绪倚着车窗向外远眺，一群群"壮硕"的黄羊、长不大的呱呱鸡悠闲地晒着太阳，眺望着过往车辆。纵使已在格库奋战过一段日子，这还是徐学斌第一次好好欣赏阿尔金山的美景。沿着国道奔驰了一个小时，便到达了格库铁路项目驻地。两年未到高原，徐学斌的身体还是起了一些高原反应，随着海拔的增高，徐学斌渐渐有些呼吸困难，眼睛也开始花了起来。车子快到项目驻地门口时，徐学斌看到了一个熟悉的身影，顿时清醒了过来。

站在门口迎接徐学斌的，正是徐学斌的多年好友——韩舜。

韩舜是格库铁路项目的党组织书记，两人20年来多次在同一条隧道并肩作战。徐学斌这次来到格库铁路项目，不仅是为指导工地测量工作，也是为了见见这位多年未见的老友。从上次格库导线复测一别之后，两人已经两年未曾见面，如今格库铁路建设即将跨过第三个年头，项目驻地已今非昔比。

徐学斌刚一下车，两双激动的手便紧紧地握在了一起。徐学斌仔仔细细地看着面前的老友，两人明明是相仿的年纪，韩舜距离上次见面却仿佛老了几十岁。阿尔金山的风沙在韩舜的脸上勾画出了明显的沟壑，高原艳阳直射出的紫外线，也变成了永久的黑色沉淀在他的脸上，黝黑的脸颊泛起的高原红显现了他的质朴与厚重，耳鬓的白丝却在诉说着他经历的磨砺与艰辛。

徐学斌望着韩舜饱经沧桑的脸，心疼地说道："老伙计，你这变化太大了。"

"我这变化还是小的，你看看咱们工地变化才叫大。"韩舜憨厚地笑了，"咱们的阿尔金山隧道前几天已经突破9000米了，年底就能突破10000米大关了！"

看着韩舜骄傲自豪的样子，想到韩舜3年以来坚守在高原隧道一线战场，徐学斌对这位老友打心坎里钦佩。

"你看这两个人,别在外面站着了,风大,快进屋。"

项目经理看着这两位老友激动的样子忍俊不禁,便招呼着两人到屋子里坐下。韩舜为徐学斌倒了一杯热茶,说道:"这茶是项目组的小王从400多千米以外的县城带回来的,虽然不是什么好茶叶,但在咱这个地方,有这样一杯热茶,就像是宝贝一样珍贵。"徐学斌看着茶杯上的温度显示器,当数字显示只有88摄氏度的时候,水就烧开了。

韩舜注意到徐学斌的表情,接着说道:"你看这水只能烧到80多摄氏度,连面条都煮不熟。平时项目上都得用高压锅煮面。但总比你们当初啃面包、喝凉水要强。"韩舜向着徐学斌举起杯子,指着杯内的茶水说道:"记得咱们刚来的时候,连喝的水都保障不了,更别提洗澡了,到了这个地方才知道,水真的比黄金还要宝贵。现在喝的水,还是当地政府和咱们公司不远万里送过来的。"

听到韩舜提起当年测量的岁月,徐学斌发自内心地笑了,涌现出无限的感慨:"当初在阿尔金山的半个月已经是非常煎熬,800多名来自天南海北的隧道建设者3年的高原奋战的时光是多么漫长的岁月。"徐学斌越发怀念当年30人测量团队并肩作战的日子。

"我想现在就去现场看看。"徐学斌说。

"好!带你重走格库测量的长征路!"韩舜回答道。徐学斌笑了,心里想道:不愧是书记,随口说的话都带着文人墨客的诗意。

10分钟的车程后,徐学斌就再一次站到了曾经奋战的热土上,只不过这一片天地已改换了颜色。1月的阿尔金山白色占据了天地的主基调,留在徐学斌脑海中的是无尽的荒寂和空旷。而深秋的阿尔金山,广袤的大漠,死寂的沙海,雄浑、静穆、板着个脸,总是给你一种单调的颜色:黄色,永远是灼热的黄色。仿佛大自然在这里把汹涌的波涛、排空的怒浪,刹那间凝固了起来,让它永远静止不动,除了那携带着沙土的狂风,吹动几处矮小的沙柳,像是在诉说着这片高原戈壁的前世今生。他蓦然看见远处的洞口挡墙上"海拔高,斗志更高;风沙大,决心更大"的红色字眼,它们显得格外醒目。

韩舜指着不远处的一小块洼地，笑着对徐学斌说："还记得这个不？这个是你们当初的'战壕'。"

徐学斌三步并作两步跑了过去，脑海中浮现了一段鲜活的记忆：当年导线复测在野外测量数据采集的时候，GPS静态控制测量一时段要守4小时之久，中间不能间歇，以看护和观察仪器设备工作状态。有一天测量接近尾声的时候，暴风雪裹挟着沙尘暴突然来临，整个天地突然就暗了下来，高原戈壁的狂风带着暴雪和沙砾毫无阻隔地向他们冲击而来，似乎要把他们卷走。然而测量工作却依旧不能停止，否则大家辛苦一天的成果将毁于一旦，大家或蹲着、或坐着，甚至趴在地上，忍受着狂风的肆虐，风吹得大家睁不开眼睛，甚至互相看不清对方的身影。暴风雪过后，大家突然发现刘斌不见了，把徐学斌吓了个半死，扯着脖子大喊他的名字，结果刘斌像变魔术一样就在他的仪器旁边的地面下钻了出来。大家过去一看，原来刘斌在暴风雪来临的时候，在地上徒手挖了一个深坑，整个人躺在里面躲过了风沙。

"还是你鬼点子多，你可吓死老子了！"徐学斌笑骂道。但是这个挖"战壕"的"鬼点子"就这样流传开来，以至于后来每个测量控制点附近都有一个"战壕"，成为格库测量的一道亮丽的风景线。

想到这里，徐学斌不顾灰头土脸，再次躺到了"战壕"里面，想寻找当年与大自然搏斗的快感和豪情。却蓦然发现，有个东西在撩动着他的脖颈，摸起一看，是一撮黄灰色的毛发。

徐学斌赶快站起身来，举着毛发向着韩舜飞奔过去："这个是什么动物的毛？"

韩舜定睛一看，瞬间就笑得直不起腰来，边笑边说："你把人家'房子'占了，你这是'私闯民宅'，人家回来还不咬你。"

徐学斌仍是不解："什么，咬我？"

"狼！"

"这……这是狼毛？"

03. 雪域高原的来客

2017年10月的某一天，格库铁路项目驻地迎来了一位不速之客——一只流浪的野狼。

阿尔金山自然保护区野生动物种类之丰富，数量之庞大，分布之集中，不仅在新疆境内，而且在全国其他自然保护区中都是罕见的。目前，保护区内有藏羚羊9万多只，藏野驴3万多头，野牦牛1万多头……作为最大的国家野生动物高山自然保护区，随时都有可能碰到让人惊叫的动物：憨厚的土拨鼠、长尾巴的雪山飞狐、肥腯腯的高原獭兔、灰色的高原野兔和高原蜥蜴。而在阿尔金山生活已超过3年的隧道建设者，对于狼的出现，并不觉得是什么新鲜事。狼有时三三两两，有时成群结队，但从未有狼长期停留过。

这一天，韩舜突然发现项目办公室的小王在项目微信群里分享了一段视频，视频中一只"大号流浪狗"正在项目生活区闲庭信步地转悠，体形比正常流浪狗整整大了一圈，眼睛里还发出绿光，韩舜一眼认出，这是一只狼。

从生活区到隧道口，是一条约500米长的砂石缓坡。次日清晨，工人们上工时发现，前一晚出现在生活区的野狼，正优哉游哉地卧在山坡上。野狼的颜色与周围环境几乎融为一体，刚看到狼的一刹那，大家既害怕又紧张。有人远远瞧着，而野狼只是眯起眼，有人试探着靠近，野狼站起身，转悠两下又趴下来。

听到这个消息，韩舜一骨碌从床上爬下来，赶紧喊了几个小伙子，一起去一探究竟，毕竟野狼是凶猛肉食动物，万一伤了人可不行。

几个人一起赶到了"狼来了"的地方，远远就看见这只狼在山坡几块巨石之下，悠闲地晒着太阳，韩舜带着几个小伙子壮着胆子，慢慢地向狼靠近，这只狼也不恼，站起身来与韩舜一行周旋着，始终保持着大概100米的距离，韩舜心想：这大概是它感觉到的安全距离。

从那天起，这只野狼再也没离开过这里，工人们几乎每天都能看到它。时间长了,大家发现这只狼的活动很有规律,白天就卧在工区附近的山坡上晒太阳,或是静静地看着大家忙碌;太阳落山,它会从山坡上下来,转到工区生活区的后门,有时,它还会在晚上溜进生活区,到生活区小食堂的过道里转悠。

但韩舜还是不放心,感觉这只狼像是一个定时炸弹,随时随地都有可能发生安全事件,毕竟项目驻地上还有员工的家属、老人和孩子。韩舜总是在工作微信群内提醒大家:"为预防不测,要求工友上下班时,特别是晚上,一定要结伴而行。"

狼是国家二级保护动物,韩舜立即向巴音郭楞蒙古自治州祁曼管理委员会和巴音郭楞蒙古自治州若羌县森林公安局汇报了发现野狼一事,两个单位的工作人员很快赶到现场对狼在工区出没的危害程度调查研判。

经过调查,他们初步判断,这只狼的来历有两种可能性:一是狼群的首领出来觅食。狼群的首领承担着为狼群寻找食物的责任,这只狼有可能就是来"侦察"的,看这里有没有充足的食物可供狼群食用。二是这只狼是"流浪"的公狼。狼是群居动物,但一群狼中往往只有一只公狼。年幼的公狼长大后会被赶出狼群。这只公狼可能就是被狼群赶出来后,到处"流浪"的。

同时,巴州祁曼管委会工作人员桑社会分析说,自去年以来,特别是今年,巴州对阿尔金山国家级自然保护区内的矿山开采点进行全面清理,矿山被关闭,矿工们撤出阿尔金山。此前在矿山开采点周围觅食的各种野生动物,也开始转移阵地。特别是进入冬季后,一些小动物进入冬眠期,以这些小动物为食的狼觅食比较困难,活动范围不断扩大。这只狼也有可能就是这样来到这里的。

对于狼会不会攻击人,是否需要将其击毙的问题,他们表示,目前来看,狼的危害还没有到必须将其击毙的程度。同时,狼是受国家保护的野生动物,对其进行处理需要得到野生动物保护管理部门的批准。他们同时表示,狼是一种报复性极强的动物,如果这只狼是狼群的首领,将其击毙很有可能招致狼群的报复,那样后果将不堪设想。因此,目前在这只狼还没有危及大家生命安全的情况下,希望大家提高警惕,采取必要的防范措施即可。

韩舜把这些情况在项目会议上,向项目全体员工一一进行了说明。大家经过一段时间的相处,发现狼只是在工区觅食,并不伤人,而且经常与工区的几只狗一起追逐,狼和狗互相展示着自己的实力,但并不真的下口撕咬。时间一长,大家都习惯了狼的存在,就连工区的女职工也不怕。几乎所有的员工,手机里都有拍摄的狼的照片和视频。在阿尔金山的荒原上,在艰难枯燥的工作生活中,狼成了他们的一大乐趣。

……

"所以说,你们之前挖的'战壕',现在已经为狼'做嫁衣'了,现在是它的家。"

在徐学斌发现了狼毛之后,韩舜给他讲了这个故事。徐学斌正在意犹未尽之时,韩舜却卖了个关子:"等今晚下班以后,我带你去看关于这只狼更有意思的事儿。"

时间在工地中的忙碌之下过得飞快,徐学斌下班之后早早地等在了项目部的门口,等韩舜出来后,对韩舜大手一挥:"走!"两个人徒步走向了阿尔金山隧道的入口。

一路上,韩舜卖着关子,无论徐学斌怎么央求,韩舜都没有道出实情。在一处昏暗的指示灯旁,韩舜突然停下了脚步:"嘘!来了。"韩舜马上拉着徐学斌躲到了暗处。

顺着韩舜的手指,徐学斌看到一个比成年金毛体形还要大的黄灰色的身影,正沿着通往隧道口的路一路小跑着,并且突然在路灯下停了下来,昂起头嗷的一声,像是在给谁发着暗号。不一会儿,一只黄色的狼狗从项目食堂后面钻了出来,冲着狼飞奔了过去,一狼一狗亲昵地舔着毛发,像是亲密无间的好友见面互相寒暄。不一会儿,这一狼一狗就共同消失在夜色之中。

看到这儿,徐学斌愣住了,赶忙问韩舜这是怎么回事,韩舜笑着说:"你刚刚看到的,就是格库项目大型连续剧《狼狗情未了》。"

回去的路上，韩舜说道："这只狼是公狼，狗是母狗。这只狗是给咱们工区送菜的人丢下的，因为没人管就成了流浪狗。刚来的时候这只狗瘦骨嶙峋的，还生着病，一看就是长时间没吃东西饿的。工地上的人都叫它'大黄'，项目部的人看它可怜，总是拿一些剩菜、剩饭、骨头喂大黄吃，大黄也就在项目部住下了，也越发胖了，病也自己好了。这只狼来了以后，这一狼一狗因为总是一起吃项目部的剩饭、剩菜，一来二去也就熟了。

"刚开始这狗还有点怕狼，总是离得远远的，等狼吃完以后再吃。自从它们两个在一起后，狼总是让大黄先挑先吃，狼就吃一些剩的，有时候狼得到了一点好吃的，也会等着狗来一起吃。甚至在夏天动物们都出来的时候，狼能抓到野兔、呱呱鸡，自己不舍得吃都给狗送过来。大黄吃惯了人们剩的饭菜，不爱茹毛饮血，狼也就只好自己吃了。"

听到这儿，徐学斌也越发入了迷。韩舜却话锋一转："咱们修的格库铁路正好在阿尔金山自然保护区，我们必须将生态环保的理念融入建设的每一个细节，即要留住无人区里为数不多的小溪、水源，咱们的施工人员宁可忍受蚊虫叮咬之苦也不愿撒播杀虫药剂。在隧道掘进中，排水量远超设计预想，咱们还特意在出水口增设了污水净化处理站，多支出成本2000万元。花点钱倒是小事，主要是不能咱们走了，把人家保护区毁了，无人区无人区，没有人在，还是有生命在，咱们不能把它们的家毁了。"走到项目门口，韩舜也有些怅然："就让这只狼在这里待着吧，和我们做个伴，等到格库铁路修通了，我们走了，这里就是狼的家了。现在我们就是一家。"

徐学斌看着韩舜离开的背影，心里泛起了一种莫名的感动。蓦然回首，看见生活区大门口的墙上用红油漆刷着两行字："工地在哪里，家就在哪里。"

回住处的路上，坐在颠簸的车子内，徐学斌心里久久不能平静，他一直在想着老友和墙上的话。掏出手机，赫然发现今天拍的隧道洞口旁，一朵黄色小花毅然傲立绽放。徐学斌的思绪随着飞驰的车子也飘向远方。

转眼间,格库铁路新疆段 S6 标项目部进场已经快三周年了,从曾经的无水无电到如今的稳步推进施工场面,从曾经的荒无人烟到如今的洞外工程完美收官,从曾经的冒着暴风雪测量打前站到如今的格库铁路第一长隧阿尔金山隧道突破 9000 米大关,这一切来得并没有那么容易,是因为全体参建员工团结协作,秉承"海拔高,斗志更高;风沙大,决心更大"的项目精神,化困境为动力,在困难面前不服输的韧劲激励着中国隧道人,这种"不破楼兰终不还"的劲头鞭策着建设者铭记初心。无人区是生命的禁区,也是磨炼意志的竞技场,中国隧道人多年来攻坚克难,打造了一系列优质精品工程,中国隧道人永不言弃,像戈壁滩上这朵黄色小花一样傲立绽放,书写西北大漠不朽的辉煌和传奇,打造西北区域中国隧道品牌。

回到住处后,徐学斌躺在床上,透过半透明的毛玻璃窗户,隐约看见漫天月色星光。但是繁星之下也并不适宜安睡,他起床打开了工作日记,只写了两个字:高度。

04. 野蛮生长的青年

重返格库的第二天,徐学斌起得很早,就着略带浑黄的冷水洗了把脸,就匆匆赶往工地。这一天他还要带领项目测量队一起深入阿尔金山隧道 9000 米的掌子面完成断层的复测工作。

他来到隧道口,看见几位年轻的测量员正在焦急地等待着,这几位测量员年纪最大不过 32 岁,最小的刘欣欣才过完 23 岁的生日。

看到徐学斌的到来,几位年轻人热情地迎了上来。刘欣欣手里还捧着一盒冒着热气的南瓜,两排黄澄澄的南瓜整整齐齐地躺在盒子里,上面还稀稀疏疏地撒着白糖。

"徐队,知道您早上还没吃饭,韩书记特意交代我给您准备的,您尝尝。"

徐学斌笑着接过了南瓜,直接用手捏起一块放到嘴里。在高原戈壁滩烈阳炙烤和暴晒下生长起来的南瓜，混合着白糖的颗粒感，饱含着高原地区独有的甜糯与喷香。

"从来没吃过这么好吃的南瓜。"徐学斌由衷地发出了赞叹。

"这可是我们亲手种的。"说话的这位叫汪涛，他是格库铁路项目的质检员，1987年出生的他也是今天的小分队中年纪最大的一位，他今天跟随着测量组要进入洞内对最新完成的混凝土浇筑进行质量检测。

徐学斌又尝了一口南瓜，惊奇地问道："你们还自己种菜呢，在这种地方好养吗？"

"徐队，你听他吹牛吧，哈哈。"徐欣欣马上揭穿了他，"平时在没有工作的时候，我们没有电脑，没有游戏，没有网络，就只能养养花，种种菜，比如说南瓜啊，绿萝啊，丝瓜啊，还在项目院子里种了一棵小树，但是这些东西没有一个能活过两个月的。"

被当面拆穿的汪涛也不恼，接过徐欣欣的话头继续笑着说："项目上每次有人去县城，都会从几百公里外带回来一些小盆栽、小绿植什么的，我们又是浇水、又是施肥，就差给它上炷香供着了，可还是一样，一个多月就死了。你看那边的骆驼草，它是在这个地方唯一能自然生存的绿色生命。"

徐学斌顺着汪涛手指的方向望去，果然发现不远处光秃秃的地面上，一束矮小的骆驼草生长在黄沙之中，努力地从沙漠和戈壁深处汲取地下水分和营养，生出刺一样坚硬的小绿叶，在风沙中晃动着枯瘦的枝丫。

"是啊，刚来3天我就想走。"项目办公室的王德金不知什么时候站在了大家的身后，徐学斌回头一瞧，看着他一手拎着安全帽，一手拿着单反相机，几颗硕大的汗珠从他那张因阳光暴晒布满雀斑和痘印的脸上滑落，流过由于缺水、缺氧而干枯脱皮、略微发紫的嘴唇，最终精确地滴在沾满灰尘和泥沙的工作服的前胸口袋里。

毕业于兰州交通大学工业工程专业的王德金既是格库铁路项目综合办公室的职员，又兼任着项目的通讯员。攻读理科专业的他从小就对文学和摄影有着深厚的喜爱和独特的见解，在格库铁路项目工作的这两年来，王德金在这荒芜寂寥的雪域高原上，以工程建设为土壤，充分发挥和展现着个人的才华，用写实的摄影和优美的文字记录着这片无人区隧道建设者的一点一滴，遥远闭塞的工地上发生的大事小情都被他记录成摄影或文字作品展现在世人面前。因此，大家给他起了个形象又亲切的外号叫"王广播"。

"哟，王广播又要出动啦，今天让谁来当模特啊？"

"我们王广播不仅工作干得可以，摄影、写新闻那都是一流。上次中央台来采访，多亏王广播的大力帮助，让我们在全国人民面前露了个脸。"

"但是王广播可不能出镜，他那啤酒肚太腐败了，哈哈！"

王德金不理会众人的调侃，继续对徐学斌说道："当初听说项目在新疆，我立马就想到了草原、葡萄、哈密瓜，把我都馋死了，天天盼着啥时候能来格库。"

"你就知道吃！"汪涛又拿王德金略显臃肿的身材开起了玩笑。

王德金非但不生气，还大度地自嘲了起来："其实我原来也没这么胖，自从上高原第一天我就有了高原反应，我身上每一寸皮肤、每一块肉都感觉浮肿了起来，在这儿也待了两年了，就感觉没好过。"

"你要是少吃点，肯定早就消肿了，昨天半夜还自己偷着用高压锅煮了碗面条，我都听见了！"和王德金同寝的刘欣欣毫不留情地抖着王德金的糗事。

面对大家的笑声，王德金有点不好意思，随后又大大咧咧地接着说："我来这儿第一天，我的幻想就破灭了，整片高原只有一个颜色，大漠戈壁就像电影里的火星表层。看过《火星救援》没有？站在山坡上看咱们项目部的红房子，就像电影中那唯一一处能让人类生存的基地，说实话我当时就有点害怕，我傻乎乎地问我们韩书记：'这咋办？这儿看不到一个活的东西。'我们韩书记言简意赅：'你活着就行了。'"

听到这里，徐学斌也忍俊不禁，不得不佩服韩舜的"妙语连珠"。

"好了，车来了，进洞吧。"测量组一行人登上了专门用来接送人员进洞出洞的交通车。

车子来到隧道口，首先需要穿越一道防寒保温门，门的两侧还设置了两个火炉进行加温，这是高原隧道独有的防寒措施，以免冷空气倒灌隧道口对各类施工管线和机械设备造成损害。

车子开进阿尔金山隧道的那一刻，四周顿时漆黑一片。只有一排排黄色的指示灯，闪着刺眼的光芒，提示着洞内前行的方向。中途偶尔路过的出渣卡车，瞬间又将交通车笼罩在阴影里面。由于刚刚爆破没多久，正洞隧道里弥漫着大量的沙尘，久在隧道内摸爬滚打的徐学斌刚刚下车就有些晕头转向。站在隧道中间，深处微弱的灯光一片朦胧，好像莫奈印象派油画中那模糊的日出。

与普通低海拔隧道不同，徐学斌发现，洞内所有的水管都用一层厚厚的岩棉缠绕着。徐学斌指着水管说："这种保温措施有点像北方老式居民楼冬天的供暖管道。"

"徐队，您可别小瞧这根管道，这里面有大学问。"汪涛得意地说道，"咱们外层看到的，只是一层岩棉，其实里面还有一圈圈的发热电热带，这最外层刷的黑色的胶体，其实就是咱们修路用的沥青。"

"这根小小的管道就用了这么多防寒措施，格库铁路真是把隧道防寒做到了极致。"徐学斌在心里默默地想。

"其实这也是长时间以来总结的经验，记得刚来格库的第一年，由于没有高寒地区施工经验，隧道泄水管道防寒做得不到位，咱们可吃了不少亏。"说到这儿，汪涛的表情有些凝重，"记得去年穿越 F8 断层时，一天半夜洞内一条主泄水管道突然爆裂，地下水就像喷泉一样涌了出来，漫延了整个通道。咱们还在洞内测量的刘欣欣同志最先发现了水管涌水，一下子就跳到水里去，迎着喷涌的泥水，用两块土工布死死地缠住了缺口，为后续抢修赢得了宝贵的时间。"

徐学斌回头看了看刘欣欣，没想到这个看上去弱不禁风的刘欣欣体内竟蕴含着如此大的能量。刘欣欣看着徐学斌敬佩的眼神羞红了脸。几个人将仪器七手八脚地从车上取下来，几个小伙子争着扛起仪器朝掌子面快步前行，个子有点矮的刘欣欣默默地跟在最后。

汪涛拉着徐学斌偷偷地讲道:"要是当时没有刘欣欣舍身堵水眼,后果真的不堪设想。那一天刘欣欣全身上下都湿透了,我记得那时正好是夏天,当我把刘欣欣从洞里接出来的时候,他浑身打着哆嗦,累得一丝力气都没了,大口喘着粗气,刘欣欣本来就有点感冒,连着高原反应一直都没好全,再加上在水里泡了那么久,当晚就发起了高烧。那时候可把咱们韩书记吓坏了,他亲自开了一天的车,赶紧把刘欣欣送到县城医院。刘欣欣整整躺了3天才能下床。"

听到这里,徐学斌借着弥漫的灰尘偷偷地把眼角的泪水擦掉,紧接着便投入测量中。

测量工作完成后,徐学斌第一时间找到了韩舜,和他聊起了刘欣欣的事。提起刘欣欣,韩舜瞬间叹了口气,表情也凝重了起来,对徐学斌说道:"这个小伙子,远没有他表面看起来那么简单。"

05. 高原上的红手绳

2018年6月份,正是阿尔金山隧道穿越F8断层的关键时期。

所谓断层,就是山里的岩石破碎后挤压形成的断面。断层的空间尺度可以小至几微米(微断层),大的断层可以有几百米甚至绵延几千米。在阿尔金山复杂的高原自然条件下,隧道开挖遇到断层可谓险之又险,极易引起隧道塌方等灾难。阿尔金山隧道开凿穿越的山体共经历了8个断层,其中最后一个断层也就是F8断层全长145米,与F7断层共同形成一个延伸长度约10千米的巨大断裂带。在海拔4000米以上,所有机械的设备效率会降低至普通低海拔地区隧道的70%,且全部水冷散热设备受高原沸点影响,在散热不良的状态下长期作业,极易发生机械事故,造成人身伤害。F8断层的开挖可谓阿尔金山隧道建设以来遇到的最大的"拦路虎"。

最近几天,刘欣欣发现自己基本上每天都会流鼻血,在海拔4000米的阿尔金山,氧气严重不足,加上气候干燥,这个大学刚毕业的小伙儿觉得有些吃不消。此时,已是晚上9点,他正穿着棉袄坐在办公室里,外面依然如同白昼。

刘欣欣坐在电脑前等着网络重新连接，好把今天隧道测量的报表发送出去。昨天，他等到了凌晨1点。陪伴他的，只有办公室墙角整齐摆放的几盆观赏植物，它们前不久刚被从几百千米外运来，刘欣欣每天定期浇水、精心打理，但这些植物仍存活不过两个月。

他等得有些无聊，不由自主地开始玩弄起戴在右手手腕上的红手绳。他低头看了看，发现在今天吃饭时不小心滴了油渍在红手绳上，他抽出一张纸巾，倒了点洗手液，小心翼翼地把红手绳擦拭干净，对母亲和家乡的思念却如潮水一般在脑海中奔涌而出。

这条红手绳是刘欣欣的母亲在他两年前来格库的前一天连夜编的。他的母亲说："马上要上高原了，还是经常在隧道里面做活，戴上一根红手绳，讨个吉利！"

他的母亲是一个土生土长的河南农村妇女，一辈子没见过什么世面，没见过高原，更别提施工中的隧道。她只听说过，高原危险，险在哪里，她不知道，她只知道儿子这回要去一个很远的高原挖一条隧道。

刘欣欣以前总嫌母亲爱唠叨，这天晚上，他静静地看着母亲用粗糙的手指一点一点编织着手绳，母亲佝偻着腰坐在椅子上，她的几缕头发从耳边自然垂落下来，在略微昏黄的灯光下泛着白色。刘欣欣心里清楚，格库之行，此去一别，甚至几年无法见上母亲一面，眼泪扑簌簌地掉了下来。

刘欣欣赶快偷偷地抹了眼泪，他不想让母亲看到自己流泪，使母亲徒添悲伤。他知道，这根红手绳，不仅是母亲口中的"平安""吉利"，更是母亲对自己即将远行的一份寄托和悠长的思念。

"往年这个时候，家里正是农忙时节，家家户户都在抢收麦子，今天父母肯定又在麦田里忙了整整一天。"自从来到阿尔金山，刘欣欣已经两年没有见到他的家人了。当想家的时候，他常常会想，往年这个时候，父母都在做些什么，通过回忆过去的点点滴滴来缓解自己的思念。而这个断网的夜晚，他更是无比思念着自己的父母和家乡。

一段急促的手机铃声打破了刘欣欣的思绪，是测量主管打来的电话，又该进洞测量了，自从隧道开始穿越 F8 断层，刘欣欣几天几夜都没怎么合过眼，连着流了几天的鼻血也让自己有点害怕，刘欣欣甩了甩头，仿佛要把纷杂的思绪甩出头外，举起杯子咕咚咕咚灌了几口凉水，简单地整理了一下，就与其他测量员会合进洞了。

在注意力持续高度集中的状态下，洞内测量的时间过得飞快，刘欣欣借着洞内指示灯的微光看了看表，表针已经指向了 2 点。虽然夜已至深，但机械的轰鸣声从未停止过，掌子面依然灯火通明，几个班的工人正在紧张地施工。

由于刘欣欣的宿舍距离器材库最近，所以每次测量结束后，刘欣欣都让同事们早早回房间休息，自己将测量器材、设备带回器材库，之后才去睡觉。而此时刘欣欣还要回办公室看看网络情况，将最新的测量交底赶制出来。这样想着，刘欣欣扛着测量仪器朝着交通车慢慢走去。

突然，刘欣欣听见斜井方向传来哗哗的水声。水声不大，但是凭借多年测量工作练就的敏锐直觉，刘欣欣还是注意到了这一微小的异常。刘欣欣心里暗道不好，赶紧将测量仪器放在地上，快速朝斜井跑去。刚一进入斜井岔路口，发现水已经到了脚边，刘欣欣不敢怠慢，顺着水声寻找水的源头，最终在距离斜井洞口 500 米处的泄水管连接处发现了缺口。

此刻附近没有施工任务，所以没有其他人在。斜井到项目部还有一段距离，手机在这里没有一点信号，如果赶回项目通报，积水一旦漫延就会导致电路短路，对施工将造成严重影响，甚至会发生安全事故。刘欣欣顾不得那么多，眼尖的他看到不远的洞室角落里放着两块土工布，他胡乱地挽了一下衣袖和裤脚，跑过去捡起土工布，对着"喷泉"毅然地迎了上去……

刘欣欣用一块土工布堵住了破裂的缺口，又用另一块紧紧地缠绕住，虽然是一个简单机械的动作，但对本就有些高原反应又加之被水浸透棉衣的阻碍的刘欣欣来说，这 20 分钟的时间像是过了半个世纪那么久，刘欣欣感觉全身的力气都像被抽干了一样，他的每块肌肉都在打着寒战，即使大口吸着空气却依然头晕眼花。慢慢向外喷射的水流明显小了许多，可刘欣欣仍觉这不是办法，他刚想去找交通车，就看见汪涛驾驶着皮卡车带着几名技术员赶了过来。

汪涛和刘欣欣是一个寝室的兄弟，他听刘欣欣说晚上要去洞内测量，可看见其他测量员都回到了寝室，始终不见刘欣欣回来，办公室、厕所他都找遍了也没有，内心越发慌了起来。他知道刘欣欣身体并未恢复到最佳状态，而且最近又过度劳累，加之附近经常有转悠的狼群……汪涛赶忙叫醒几个工程部的兄弟，一同开车沿着项目到隧道的路寻到了斜井，看到刘欣欣守着仍在汩汩地冒着水的水管瘫坐在一旁。

汪涛看看泄水管，又看看浑身湿透的刘欣欣，心顿时揪了起来，大声吼着："刘欣欣！你干吗呢？不要命了！"嘴上虽然骂着刘欣欣，却又摆着手招呼几个兄弟手忙脚乱地将刘欣欣抬进了车里。没想到经过这一番折腾，刘欣欣的红手绳不小心掉在了地上……

连着打了3天点滴，刘欣欣终于可以下床走走了。又经过几天的休息，刘欣欣感觉身体已在慢慢好转，高原反应也没之前那么强烈了，可红手绳的丢失却像压在他心里的一块大石头。摸着空荡荡的手腕，刘欣欣总感觉好像有什么事要发生。刘欣欣时常宽慰自己，只是一根手绳，不能过多联想，然而那颗沉重的心却怎么也放不下来。

不知是巧合还是命运的安排，就在刘欣欣出院的那一天，他接到了从老家传来的噩耗——他的爷爷在前一天晚上因病去世了。

那天晚上，刘欣欣一个人坐在附近的山上放声大哭，阿尔金山的戈壁是那么的高远，无边的黑暗慢慢吞噬着这位异乡游子的灵魂。除了远方不知哪里传来的几声狼嚎，周围的一切是那么静，刘欣欣只能听见自己的哭声和因缺氧导致的急促的心跳声。

两年以来，刘欣欣从未后悔过自己的选择，也从未想过离开阿尔金山这片热土，但他这次真的累了，他感到心灰意冷，他感觉天气的寒冷和荒凉的压抑将他的身躯一层又一层地包裹起来，他对这片雪域高原无限的热爱全部转化成了恨意。他恨自己当初为什么不选择留在离家近的项目，他恨自己为什么一定要自愿选择来到格库铁路。

如果当初没有坚持自己的选择，如果刚刚毕业的自己不是那么冲动，又怎么会见不到爷爷的最后一面，让这阴阳相隔的遗憾成为一辈子的痛楚。

那个夜晚，刘欣欣哭累了，也想累了，一个人躺在寒冷而又坚硬的戈壁滩上，看着满天的繁星，最终还是做出了一个决定：调离格库。

第二天一大早，一份调离申请书摆在了韩舜的桌子上。申请书只有100多个字：

> 我是刘欣欣，今年已经是我在格库项目的第三个年头。两年多来，我从来没有请过一次假，没有旷过一天工，我已经两年多没见过我的父母和我的爷爷。前天夜里，我的爷爷去世了，我没能见他最后一面，我心里很难过，经过一天的思考，我觉得自己无法专注于测量工作，已无法继续在格库坚持下去，为了项目测量工作的正常开展，我申请调离格库项目。

这100多个字，韩舜看了一遍又一遍，每读一遍，心里都有种感同身受的剧痛，不知不觉就红了眼眶。韩舜想找他谈谈，却总也不知道如何开口。过了一个礼拜，韩舜在项目部对面的山坡上遇见刘欣欣一个人坐着，看着他一切如同平常，却深知他心里背负了多么沉重的压力和痛苦。韩舜把他叫到身边，沉默良久，只问出一句："想好了吗？"刘欣欣看着韩舜熟悉的面孔和关切的眼神，泪水再一次冲出了眼睛，默默地点了点头。

韩舜搂着刘欣欣的肩膀："我理解你，回去好好陪陪父母，有空再回来看看我们。"

刘欣欣已泣不成声。

刘欣欣是在一个清晨离开项目部的，调离这件事除了韩舜他没有告诉任何人，因为此刻的他最害怕看见兄弟们离别的泪水和挽留。走的前一个晚上，阿尔金山隧道在F8断层放了最后一炮，他和兄弟们站在一起，心里被成就感填得满满的,很充实。兄弟们又讨论起隧道贯通的那一刻,刘欣欣不忍再留,他害怕自己离不开阿尔金山这片土地。韩舜知道他的意思,只是默默帮他安排了前往花土沟的汽车。

4个小时的路程,到达花土沟的机场已是中午时分,和项目部的司机大哥简单告个别,刘欣欣扶着行李箱坐在了机场门口的台阶上,即将告别高原踏上回家的路,刘欣欣却怎么也开心不起来。他从包里拿出汪涛前一天送他的馕饼,脑海里全是兄弟们熟悉的脸。

刚坐下一会儿,一位穿着绿色军大衣,满头白发的大叔指着刘欣欣旁边的位置问道:"我可以坐这儿吗?"

"当然可以啊。"刘欣欣赶紧拉开身旁的拉杆箱。

大叔随手将行李放置到一旁,拍了拍台阶上的灰尘,抖了抖身上的泥土,脱下那厚重的军大衣,慢慢坐了下来。

大叔从军大衣的外口袋掏出了一包香烟,再从身上小马甲兜里拿出了一盒精致的火柴,用手轻轻划着火柴点燃了放在嘴角的香烟,吸了一口,烟雾从他那鼻腔里慢慢匀速呼出,自然中夹杂着一丝忧虑:"小伙子,等车去哪儿啊?"

"啊,我……我去西宁,大叔,您呢?"

大叔抖了抖烟灰,又长吸了一口缓缓呼出,将烟头按在地上掐灭,扔进了右边的垃圾桶里。这一连串的动作让刘欣欣觉得自己好似问错了话,大叔慢慢抬起头,仰望着车站对面的黄土高坡,沉稳的眼神中带有几分倔强与坚强。待他慢慢道来,刘欣欣才知道大叔是一个很简单的人,却过不了简单的生活。

大叔出生在农村,16岁就来到大城市打拼,可当他事业有成一切顺利之时,唯一的女儿却遭遇不幸,谁知祸不单行,一生陪伴的妻子也卧病在榻,接连的天灾人祸,让这个原本幸福的家庭一下便支离破碎。大叔说,他曾经想放弃自己的生命,也曾抱怨过老天为何这般不公平,可后来倔强的他也接受了这个难以接受的现实。2016年妻子过世之后,他就无所牵挂,在中国各地漂泊,下一站是青海湖,大叔还和刘欣欣聊了很多他去过的地方，也说了他年轻时成功辉煌的佳绩，满脸沧桑的他笑了，很美，很真，很好看，在一旁聆听的刘欣欣表面平静内心澎湃。

当谈及刘欣欣时，大叔本以为他是来青海旅游的，当刘欣欣说起在青海与新疆交界处的阿尔金山上修铁路，其实有时候也会觉得些许徘徊、些许迷茫……大叔已抽完了第二支香烟，转向刘欣欣说道："其实我并不知道你的工作的性质，但听你说了这么多，我大概也了解一点。

"年轻人，有些事，总得有人去做；有段路，总得一个人走完。"

恰好到了大叔进站的时间，还没等刘欣欣站起来帮他扶好行李，他就一个起身扛上了肩膀，说了声"再见"就慢慢离去。

刘欣欣看着大叔远去的背影，一直在想着这句话，还未坐下身就拨通了母亲的号码，话筒里传来母亲关怀的声音，他又一次掉了眼泪。

母亲还不知道刘欣欣在返乡的路上，只是在絮絮叨叨地讲着家里农忙的事，刘欣欣酝酿半天，终究也没说出口。只是告诉母亲，他在格库一切都好。

母亲最后说："听说你的红手绳丢了，妈又给你编了一根，已经给你寄了过去。"

刘欣欣挂了母亲的电话后，紧接着又打给了韩舜："韩书记，我不走了，我在花土沟，接我回去吧！"

……

回去的路上，刘欣欣拿出纸笔给母亲写了一封信。好久没用笔写过信了，刘欣欣发现自己的手随着心跳抖得厉害。

他在信中写道：

> 人们常说，工程建设便是四海为家，这800多名隧道工人，从一代又一代隧道人手中接过这面中国隧道开路先锋伟大旗帜，在这海拔4000米的荒凉戈壁中勇战风沙，在这数个世纪的无人区与狼共舞。今天，我们在这里建设的这条隧道，不仅仅是在阿尔金山中打开一个缺口，更是为了给这片雪原带来蓬勃的生机，为新疆的热土带来发展

的希望。这方纯洁的土地，不仅是我们凿通天障、开通空间的战场，更是戈壁滩上的生命赖以生存的家乡。项目驻地的野狼与隧道建设者的和谐共处，既是生命与生命之间的温情交流，更是灵魂同灵魂的融合碰撞。在这广袤的戈壁滩上，中国隧道人怀着家国天下的情怀和壮志，与自然和环境融为一体。而这趟重返阿尔金山之旅，终于让我想通了一件事：有这样一种高度，不是海拔的数字、不是历程的艰辛、不是尺寸的攀比，而是一代又一代生命共同酝酿的果实，是一种又一种生命用智慧和情感堆叠起来的高峰。

他不知道现在的邮局是否还能将信寄到母亲的手上，他不知道只有小学文凭的母亲是否能看懂他的散言碎语，他甚至不知道自己会不会把这封信寄出去。现在的他只相信一件事：有些事，总得有人去做，阿尔金山这段路，他总得走完。他知道，他的爷爷在天上会看着他一步一个脚印地走完阿尔金山隧道的路；他知道，有一群出生入死的兄弟，还在等着他回家；他知道，过不了多久，那条象征着"平安"的红手绳，将带着母亲的思念回到他的手腕上，在阿尔金山隧道贯通之后，陪着他投入下一场战斗。

2
3
4

1 格库铁路全线最长隧道——阿尔金山隧道施工现场
2 中铁隧道局阿尔金山隧道项目驻地
3 雪中的项目驻地
4 阿尔金山

第四章 深度

大瑞铁路东起大理市，西至瑞丽市，全长约331千米，设计时速140千米。其中的重点控制性工程高黎贡山隧道全长34.538千米，是中国第一铁路长隧、川藏铁路的先行先试工程，位于喜马拉雅地震带，有"三高四活跃"的地质特征，几乎囊括了隧道施工所有不良地质和重大风险，被称为"世界上最难修的铁路"，堪称铁路建筑史上的"地质博物馆"，同时也是首条穿越横断山脉的特长隧道，创造了九项中国第一。

大瑞铁路建成后，将连通中缅国际铁路中国境内的"最后一段"。届时昆明至瑞丽700多千米的行程时间将由公路运输的9个小时减为铁路运输的5个小时，极大地推动中国与东南亚、南亚国家的交流与合作，重塑"南方丝绸古路"的辉煌。

01. 二十四道拐

"领导，两年了，我从没请过一天假！"

"是，这我知道。去年也是你值的班。"

"每次和孩子视频，看到孩子一直在手机里对着我喊爸爸！爸爸！爸爸……"

皮肤黝黑的刘家杰，一把摘下安全帽，扭过头直视着张海军的眼睛，猛地卧进椅子最深处，强忍着眼角泛出的泪花，故作坚强。可是，声音不由得颤抖了起来，歇斯底里的哽咽声和眼角的泪花瞬间奔涌进了嘴角。

张海军下意识地摸向了上衣兜里的红塔山，却空空如也，原来在办公桌左上角。他抓起烟盒，快速抽出一支递到嘴里，右手顺势拿起打火机，打了两三下才点燃。

他杵在原地猛吸了几大口。烟丝燃烧的呲呲声快速跟着这几大口猛吸涌向嘴角，缭绕的烟雾掠过眼睑，盘旋在他的额头发际处。

张海军看着卧在椅子里的这位初为人父的陕北汉子，不由得想起自己，开工至今也已3年没回过家了。

他也渐渐地陷入了沉思。

刘家杰是在这里摸爬滚打成长起来的总工程师，张海军是大瑞铁路高黎贡山隧道斜井工区的项目经理。这里的一切就像张海军的孩子一样，包括手底下拼命干活的这帮兄弟。因为每个项目经理都把自己干的项目工程视为一手带大的"孩子"。

他们两个是最先来到这里"拓荒"的，这里有他们所有的付出和努力。高黎贡山隧道长达34.538千米，是首条穿越横断山脉的特长隧道，也是当前亚洲第一的铁路长隧，且包含3870米的最长铁路斜井和764.74米的最深铁路隧道竖井。这竖井到底有多深呢？形象地说，它的垂直尺度比深圳最高楼平安国际金融大厦（总高度646米）多出118.74米，比上海最高楼上海中心大厦（总高度632米）多出132.74米，是名副其实的当前亚洲最深铁路隧道竖井，刷新了我国工程建设的垂直高度纪录。

从当初刚来到这个荒无人烟的夹皮沟，到现在像家一样的项目驻地，1000多人在这里施工、种菜、做饭、娶妻、生子，就像生活在一个热闹的偏远小镇。

"还记得你刚来斜井工区的时候吗?"张海军坐到刘家杰身边,右手拍了拍他的左肩膀,若有所忆地问道。

刘家杰抬起头看了一下左胳膊,发现臂上有泥渍,便半斜着头顺势靠到大臂稍微干净的地方揩了揩脸上的汗水和泪水,哽咽着答道:"当然记得。"

2015年年底,赶在高黎贡山隧道开工建设前进场的刘家杰,被汽车的颠簸、800~2000米间的落差造成的失重感和随之带来的嗡嗡耳鸣声反复折磨,从疲劳的半睡中惊醒。

张海军见他醒了,便指着窗外远处的云朵说:"那朵云底下就是我们要施工的斜井所在地。"刘家杰看向他手指的方向,由于他们正行驶在高黎贡山海拔2000米处,所以云朵也就尽收眼底。

"很近了。"刘家杰不假思索地答道。

张海军忍不住大笑道:"哈哈,有点远哦,这底下可是有名的'二十四道拐'。别看近,实际可远着呢。"

"是吗?我不太相信,我得核实核实。"年轻人总有一股不服输的劲儿。

就这样,刘家杰拖着疲惫不堪的身体,忍着颠簸,硬生生地睁大眼睛,心里盘算着核实的事情。

这条6000米的"二十四道拐"是连接乡道与斜井的唯一通道,汽车从海拔2000米的山顶柏油乡道连接处一直盘旋向下,进入一条全是泥土和大石块混合铺就的便道。

由于车子太过颠簸,没过多久刘家杰就出现了晕车症状。老马从后视镜瞥了一眼后方的刘家杰,顺势扯下几个塑料袋塞到他的怀里。"用这个吧!年纪轻轻的这就受不了了?要多多锻炼呀!"老马调侃地说道。

老马是位老司机,四川资阳人,参加工作30多年,从16岁起就跟着师傅在大瑶山隧道车队里混了。后来,人们亲切地称他"马功臣"。

为什么叫"马功臣"呢?因为他参加建设的大瑶山隧道是当时国内第一条双线电气化隧道,这条隧道的建成,标志着从此结束了中国不能修建10千米以上长大铁路隧道的历史，并且锤炼出了一支英勇无畏的隧道建设"国家队"——隧道局。其中就有老马和他所在的"大瑶山隧道车队"的一份功劳，所以大家都喊他"马功臣"。

他们现在走的这条道被称作"侧仞便道"，因为这条道仅能容下一辆小车通行，且侧面就是壁立千仞的悬崖。在这条道上开车得格外小心，稍有不慎便会坠入万丈深渊，尸骨无存。如果对面来车，其中的一辆车只能倒退至拐弯儿的地方，才能勉强错开。即便是反向爬坡倒退，也得硬着头皮退。

刘家杰实在忍不住了，慌忙摇下车窗，伸出头一顿狂吐。由于便道极窄，车身紧贴着右侧山体，所以长出来的茅草杂刺唰唰唰地打在他的脸上，立刻就划出了血痕。

他完全顾不得脸上的疼痛，只为一吐为快。"马功臣，赶快停一下吧，我下去缓一缓！"刘家杰用力大喊道。

"什么？停车？现在可不能停车。"老马两手死死握着方向盘，右脚拼尽全力踩着刹车，一边瞄着前方，一边瞥着后方。

"你看后面卷起的尘土，这车要是停下了，那可就全埋进沙尘里了。"张海军笑着说。

刘家杰努力地将头转向右后方，他惊呆了。此时车后方简直就是沙尘暴，车轮卷起的尘土盘旋在"之"字形的山道上，遮盖了半个山腰。看到此情此景，他再也顾不上难受，立即把头缩了回来，摇起车窗，半躺在后座上，拿着塑料袋以防再次呕吐。

"这不是有塑料袋吗，非得吐外面。"

颠簸了1个多小时，他们才完全走出"二十四道拐"来到沟底水电站旁。

"用时1个多小时，还行！"刘家杰捂着肚子无精打采地下了车，掏出手机看了看时间，手机显示已是下午3点多。

"哈哈……"老马和张海军面面相觑，不约而同地笑了起来。

刘家杰一脸疑惑地看着他们两人。

"怎么了，张总？"

"这才走了一半的路程,到我们施工的斜井位置处还有一半呢!"老马忍不住抢着答道。

"啊?!"

刘家杰此刻大脑一片空白,一屁股坐在旁边的石头上。

张海军补充说道:"剩下这6.5千米的路程可就要步行了,车没法走。"

"比我想象的要偏远多了!"刘家杰嘀咕着。

"车就停水电站这儿了,我们现在赶紧赶路吧,到驻地还要1个多小时呢!这天儿看着像是要下大雨了。"张海军一边抬头望了一下天空,一边从后备厢里取下行李。

刘家杰和老马见状赶紧接过张海军手中的行李。

他们停车的这个水电站建于20世纪八九十年代,是一个极小型的水电站,至今还有当地值班人员。他们出入这里的唯一交通工具就是摩托车。因为这里的路只能容得下一辆小型摩托车,由于路太陡,自行车根本没法骑。

"我们都打好招呼了,水电站可以暂时作为我们的中转站,他们早就盼望国家在这里修铁路,都盼着早日凿通这深沟险壑。"张海军一边走一边给后面的刘家杰解释着。

"是呀,这要是通车了,不仅可以带动当地经济发展,而且筑起了沿线各族人民实现中国梦的康庄大道,建成中国与东南亚、南亚互联互通的'一带一路'。"老马断断续续吐出一连串术语,似乎是经过反复斟酌和酝酿的一样。

"可以啊,老马,不愧是'马功臣'!"张海军夸奖道。

"我也是听你们在车上向上级领导这样汇报的嘛!"

这话惹得张海军和刘家杰大笑起来。

"你现在是技术主管,以你的看法,这条羊肠小路我们要不要作为进出斜井的'便道'?"张海军看着刘家杰说道。

刘家杰四周环顾了一下,视线迅速转到路旁奔腾的河流,并沿着水流奔腾的方向眺望过去。

"没问题，完全可以！"他扶了扶眼镜，"一则可以利用既有'便道'路基，增加路基安全；二则在此基础上拓宽，节约成本。"

"嗯，不错！和我想到一起了。"

"但'便道'应该整体沿着河床边往前平整，这样既可以截弯取直，又可以利用河床水平的优势，减少过高或过低处的平整成本。"

张海军竖起大拇指："小刘有想法！你说得非常在理，回去我们找常总一起改方案！"

此时，黑压压的乌云压了下来，天空远处还不时传来雷声。

"不好，大家快点，要下雨了！"张海军催促大家小跑起来。

他们赶紧碎步跑了起来，老马呼吸明显急促起来。

"我这身体不行了，关键时刻掉队！"老马嘀咕着。

张海军回过头对着老马调侃道："你可是干过大瑶山隧道的老功臣呀，要为我们继续树好旗帜哟！"

"张总，岁月不饶人呀，不服老不行啊！现在是你们年轻人的天下！"老马咳嗽着喊道。

瞬间，大雨倾盆而下，他们顾不得浇在身上的雨水，也顾不上脚下溅起的泥泞，拼着命地赶路。

沟两侧的洪水瞬间奔涌急下，宛如飞流直下的瀑布，奔向山谷深涧。路边湍急的河水卷起混浊的泥石扑上河床。

"前面帐篷就是我们驻扎的地方。"张海军一把抹去脸上的雨水说道。

刘家杰望去，有10多顶蓝色帐篷，一个接着一个紧紧地挨在一起，这就是他们"打前站"的驻地，像极了古代打仗时的军营。

三人急忙一头扎进帐篷。

低矮的空间、乱石中间横七竖八地躺着几只长筒雨靴，墙上挂着一件满是泥渍、皱皱巴巴的雨衣，一张铺开的简易折叠床上铺满了各种图纸，床头放着一顶白色安全帽。

刘家杰打量了一圈，找不到能坐的地方，寻思着自己以前也跟着在其他项目打过前站，虽说艰苦，但也不像这里这么艰苦。

"打前站居然住帐篷？我还是头一回经历。"

"这前不着村后不着店的，在荒山野岭的夹皮沟里，只能这样了。"张海军一边换衣服一边解释道。

"这算啥，你怕是没住过大瑶山的油毛毡吧！"老马接起话茬说道。

这时钻进来一个人，清瘦清瘦的，满脸胡楂清晰可见，怀里还抱着一个简易煤气炉，手里拎着一只铝锅，锅没有盖，锅里塞了几包泡面。

"正好，来来来，给你介绍一下，这就是我们的技术负责人——总工程师常青松！"张海军用手比画着。

常青松是斜井工区的总工程师，是和张海军最早来到这里打前站的技术负责人。他是一名职二代，可以说继承了他父亲的衣钵。

寒暄过后，刘家杰说了句："原来是我的垂直领导呀！"把大家逗得哄堂大笑。

"大家都饿了吧，咱煮面吃，一会儿天再黑下来就比较麻烦了！"常青松已经摸透了这里的天气。

时值雨季，每天下午或者后半夜准会下雨，所以乌云密布遮过来后，天基本也就黑了下来。加上这里没有通电，大家只能趁天黑之前把温饱问题解决了。

外面的暴雨丝毫没有停下来的迹象，雨滴反复敲打着帐篷，噼噼啪啪的响声，像极了冰雹砸在车顶的声音。

"啊！进水啦，进水啦……"老马喊了起来。

刘家杰惊慌失措地起身看个究竟，不料被脚下的石头一绊失去了平衡，手中的碗连同泡面全部倒到地上，还溅了一身。

河水成了洪水，此时已经淹到了他们驻扎的地方，帐篷底部的水迅速没过了脚踝。

张海军一把扯下门帘处的拉链，一个箭步跑出帐篷并大喊起来："大家赶快转移物资到后面高处！快！快！快！"

响彻山谷的回声绕着夹皮沟两侧久久回荡。

速度就是全部。所有人员顶着滂沱大雨以最快的速度全力抢搬物资。

"挑重要物资设备搬。"不知谁喊了一句。

后面的画面完全可以想象得出来。

"所幸没有大的损失，也没有人员失踪、受伤，只有几顶安全帽和一些衣物之类的东西被冲走了。噢，还有部分吃饭的家当。"物资部负责人向张海军简单做了后勤汇报。

经过这次惨痛的教训，他们最后将帐篷搭在了后面一片相对开阔且地势较高的树林里。这里蛇鼠虫蚁虽多了点，但不至于受到洪水威胁。

开工前必须要选好斜井洞口具体位置，这样才能按照施工组织计划，达到优中选优的目的，最快到达正洞施工，起到应有的作用。但斜井工区被两侧高耸入云的群山包在深山峡谷中，因此选址成为一个难题。确切地说，深山峡谷里没法选址。因为路都没有，到处是悬崖峭壁和茂密的原始森林。

"反正都要勘测，还不如将修建便道与洞口选址放在一起测算了！"刘家杰信誓旦旦地建议道。

因为开工的前提是进场，比如大型设备怎么从外面运进来，物资材料怎么运送到施工现场等。而具体在哪里开工，就是选址的问题，要选洞口的位置。

刘家杰之所以这样说，是因为以往勘察测量，都是分头行动，但是现在的实际情况不允许，所以他才想到这个办法。

"可以是可以，但任务艰巨呀，目前技术测量人员也就两个人，而且还要扛着几十斤的仪器，这翻山越岭的怕是搞不定！"总工程师常青松挠了挠头。

"我也跟着去，反正我以前干过测量！"刘家杰说道。

"好！就让小刘去吧，现在时间极其紧张，合理选定洞口，快速打通便道，打开施工局面是当务之急。其他技术方面的工作就暂时由常总你这边负责吧！小刘交接一下，先拿下这两项艰巨任务！"张海军立刻明确了任务分工。

"但千万要注意安全呀！"张海军紧接着补充了一句。

"嗯!"

为实地论证收集地形资料,确定最优方案,他们在密林深谷中攀爬穿梭,有时候太远了回不去就在深山峡谷中搭起简易帐篷,饿了啃馒头,渴了喝山泉水,遇到特别陡峭的地段,甚至需要系上安全绳垂吊在半空中。

经过两人半个多月的努力,周边的地形被彻底摸清,最终确定了洞口位置和便道方案——充分利用并拓宽原有"二十四道拐"、沿河床抬高位置新建 6.5 千米,总长将近 13 千米的便道施工方案。

02. 折中的办法

高黎贡山深处,住在半山腰坝子里的村民,不像大西北的人,一直渴望自己耕种的土地能够世世代代延续下去,而是逐荒而种。

这里山高谷深,基本没有现成的平整土地可以耕种,所以当地村民大多在荒山野岭里开垦耕种。所谓开垦,也就是顺着六七十度的山坡刨除杂草,整理出一片可以播种的空地而已。六七十度的陡坡到底有多陡呢?当地村民随身携带的背篓根本没法放在地上,因为会滚落到山底,所以他们只能背着背篓开垦。

"除非你们从我身上开过去!"瘦小的老高横躺在推土机车轮齿链前,一只脚拼命垫在斜坡上,死死抵着齿链,生怕挡不住推土机。

老高今年将近 60 岁了,是坝子里的村民,脚下的这片荒地是他前不久才开垦出来的甘蔗地。因为修建便道正好从中间穿过,所以他死也不让推土机过去。

"老高,你这已经是第三天阻挡了,你咋就这么固执呢?都延误我们工期了呀。"司机从驾驶室跳了下来,无奈的双手叉着腰。

"我不管,那是你们的事儿,我就要我的地,你们谁也别想从我这块地上过去!"

"这底下危险啊,先出来。"司机急了,上前就要拉老高。

老高死死地抱着齿链，说啥也不出来。

张海军正好过来检查施工进度，见状急忙喝了一声，赶紧上前制止司机的拉扯。

"不要拉扯，这么陡的山坡，万一滚下去怎么办？你赶快把推土机往后退退，这么松软的地方，太危险了。"

司机赶紧爬上车把推土机往后倒。

张海军一把拦住老高，想要把人搀扶起来："这样，老高，你先起来，我们协商解决。"

老高就是不搭理他，一声不吭，继续躺在那儿，不让人扶。

"那这样，我们协商一个折中的办法，你看成不成？"

老高顿了一下："啥折中办法？"

"你先起来！"

老高觉得差不多到火候了，便要起身。可就在他起身的一瞬间，眼前猛地一下子天旋地转，晕厥了过去。

老高醒来后，发现自己已经躺在镇医院的病床上，后面发生了什么事情一丁点儿也记不起来了。

护士见老高醒来了便指着一边的老马解释道："你已经躺了两天了，还是人家修铁路的把你送过来的，住院费都是人家付的。"

老高的女儿，老早就嫁了人，外出好多年没回过家。儿子在外务工，隔一年才回来一次，家里只剩他一个人。

"谢谢你们！"

"不用谢，医生说你今天下午就可以回家了，我们领导让我过来接你。"

"谢谢！谢谢……"

下午，老高坐在老马的车里，看着眼前拓宽的便道和两边疾驰而过的山峦草木，心中无限感慨。这可能是他大半辈子第一次坐这样的车，也是第一次感受这种速度，平时他们出行最多也就坐摩托车或走到乡道以后才坐手扶拖拉机什么的。

"瞧，那块新开垦的地是你家的。"

"嗯？那里吗？不是呀。"

"是你家的，我们领导决定给你另垦一块新地，就那块。你家原来的那块地我们还是按照原路线穿了过去，这大山里要是像平地一样改路线那可就麻烦了，重型运材车可受不了！"

老马把车停下，和老高一起来到了那块地旁。

老高站在地埂边向四周丈量了一眼："这么大的一块地呀！"此时老高心里由衷地对这群修铁路的人产生了敬佩和谢意，他这才明白他们所说的"折中办法"。

在不到半个月的时间里，前后总共13千米的便道全部打通，原本寂静的深山峡谷到处是工程建设队的机器轰鸣声、汽车鸣笛声和刹车声。

在这条路上出现了许多拖拉机。当地村民驾驶着拖拉机进入山谷，深入水电站附近的谷底，沿着河床地势平坦处筛选砂石、平整土地，垒起地界，种起了甘蔗、玉米、高粱、甜菜等。

村民们发现，他们虽然靠山吃山，但再也不用像以往那样在陡峭的半山坡开垦农田了，更不用肩背手拿，徒步翻山越岭几千米了。

村民们的收入比往年翻了一番，每当半路遇到工程运输车时，他们都会自觉地靠边停车或者主动退让，把最宽的路留给他们。慢慢地山里面有了成片的甘蔗、玉米，有人种起了铁皮石斛，还有人垒起了鱼塘。

山里的拖拉机声、村民们劳作的笑声沿着这条便道，从山顶一路盘旋到谷底。这条便道俨然成了一条村民们脱贫的致富路。

03. 头顶瀑布，脚踏激流

高黎贡山的春天是被木棉花开唤醒的。进入3月，落叶褪尽的木棉花，少了绿叶陪衬，竞相绽放，似火若霞。漫山遍野的木棉花簇拥着高黎贡山，放眼望去，星星点点，错落有致。落叶归根后更是"化作春泥"，为木棉树提供肥沃的养料，呵护着生它养它的木棉树。因此，当地人也将之称为"英雄花"。

春季正好适合施工大干。但高黎贡山隧道极其复杂的地质让他们每掘进1米都要付出艰难的努力和百倍的辛苦。

就在1号斜井开挖至600米、1200米处时，可怕的高地应力、高地热、大涌水如期而至。刚刚支起来的支护钢架就被完全扭曲为"S"形、"Z"形，将已经成形的隧道挤压变小，将光滑的喷护墙壁挤压开裂、掉块，使得壁岩侵入隧道正洞。原本成形的隧道面全部变成了"犬牙交错"的洞面，打钻施工的工人只能小心翼翼见缝插针施工，更别说大型车辆运输了，进都进不去。工人们只能用电钻、电锤手动地一点一点凿掉自己亲手喷的混凝土，就像亲手毒打自己的孩子一般。

4个人，一天只能凿进1米。

隧道内的温度也在不断攀升，36℃、37℃、38℃、39℃、40℃……隧道顶部都达到了42℃。工人们干脆脱光了衣服，全身上下就剩内裤、安全帽和雨靴了。而这里的大涌水似高压水枪般喷射而出，没日没夜地翻滚着，从隧道到底流到怒江多少水量，谁也记不清了，但按照当前每小时300立方米的涌水量来计算的话，差不多已经接近两个西湖的总蓄水量。大家伙儿就像"顶着瀑布"，在水深火热中艰难掘进。

"这是在我们预料之中的，这里典型的'三高四活跃'就包括了高地应力、高地热，只是没想到来得这么早!"张海军向中国工程院院士王梦恕一行如实汇报了目前遭遇的难题。

由于隧道位于喜马拉雅地震带，横跨横断山脉，特殊的地质构造就了特殊的"三高四活跃"地质特征，几乎囊括了隧道施工所有不良地质和重大风险，被称为"世界上最难修的铁路"，堪称铁路建筑史上的"地质博物馆"。

"有人将这里复杂的结构比作'摔在地上的蛋糕'，也有人比作'摔碎的盘子'，还有人比作'被打翻的一锅五谷杂粮粥'。我算是真正领教了。"刘家杰在旁边补充道。

"这是我们这里的技术负责人，刘家杰。"张海军向王梦恕介绍道。

"多大了？"王梦恕笑着打量了一眼站在斜对面的这位皮肤黝黑的年轻人。

"正好30岁出头吧？"张海军转向刘家杰，心里有点不确定，但连忙解释道。

"是的，王院士，我今年正好30岁了。"

"这么年轻就挑起征战亚洲第一铁路长隧的重任了呀，比我当年厉害多了，后生可畏呀！"

王梦恕当年参建过大瑶山隧道，他将自己同眼前这位年轻人做了比较。

刘家杰的确是最年轻的技术负责人，30岁就是这里的总工程师了。

"刘家杰刚刚的比喻也很恰当嘛！"王梦恕爽朗地笑了起来，"摆在面前的问题是不少，大家的精神状态怎么样？"

"不太好，我们采取了各种措施，但复杂的地质和反复无常的问题，几乎把大家伙儿的劲头消磨殆尽了。撂挑子和辞职的人也不少。"张海军无奈地摇了摇头，长长地叹了口气回答道。

"这几十年来，我是总结出来了，我们中国人修隧道从来就没怕过什么，尤其是不缺斗志。"王梦恕看向微微泛光的洞口。

"我记得这里有一座松山抗战遗址，你们可以去参观，我觉得那里应该有解决问题的制胜法宝。"

王梦恕背起手来，向着隧道深处走去。

或许他所说的"制胜法宝"就是类似"大瑶山精神"一样的东西吧。

第二天，斜井工区和竖井工区联合开展了祭奠活动。所有人员都放下了手中的活儿，前往松山抗战遗址。

两年来，响彻深山峡谷的施工轰鸣声第一次停了下来。即使是在遇到艰难险阻的时候，整个项目也没有停止过施工。万籁俱寂的高黎贡山仿佛一下子进入深眠的冬季，平时熟悉的声音一下子不见了，生活在这里的人们都有些不适应了。

青山无语，松涛阵阵。70多年前，20万中国远征军血战滇西抵抗日侵，就在这里，4000多名将士马革裹尸、埋骨松山，他们用生命和鲜血捍卫了寸尺国土。

斜井工区和竖井工区的主要领导一起为松山抗战遗址纪念碑敬献了花篮,所有人鞠躬致敬。

刘家杰觉得解说有点啰唆,所以三步并作两步独自走到高大的远征军雕塑群前。雕塑中有将军、有战士,有男人、有女人,有耄耋的老人,也有意气风发的青年,甚至还有十来岁的孩子。他们或做半蹲射击状,或做握拳宣誓状,或做奋力掷弹状……

雕塑无言,群山肃穆。刘家杰仿佛感受到了那段不屈与抗争的历史。或许人们已经叫不出他们的名字,但大山记得,大地记得,中华民族的历史记得他们。眼前这棵古老的榕树,身上弹痕遍布,千疮百孔。这是当年那场战火中幸存的三棵树之一,它仅剩一半的肢体向人们诉说着当年的滚滚硝烟,也昭示着中华民族的不屈与坚毅。刘家杰此刻感觉到一股难以言表的民族情怀和自豪感,瞬间涌进胸膛。因为在他脚下的每一寸土地都渗透着英雄的鲜血。

"我们在这里缅怀这些为民族、为国家而战的英雄,也汲取了英雄的力量。"张海军从后面走到前面说道。

"是啊,我突然觉得脚下的每一寸土地,我们手中的每一项工作,我们的隧道都是自己的阵地,我们的使命就是守住阵地,打通隧道。"

刘家杰恍然大悟。

"有道理!在这片英雄的土地上,我们也像这些英雄们一样,做着伟大的事情。有所不同的是,时代不同、使命不同,他们是为了民族的独立而战斗,我们则为民族的复兴而奋斗。"

不久,会议室的墙上多了一幅醒目的大字标语"守土有责"。斜井隧道洞门墙面上也深深镌刻了两行红色的豪言壮语:"地热高劲更高,应力大决心更大!"

就在当天,斜井和竖井工区联合举办了一场声势浩大的宣誓活动,他们对着深山峡谷撕破了嗓子集体宣誓,每个人心里都暗暗地立下了军令状:十年征程铸就隧贯山河,一心不变只为道通天下。

"今年你回吧，我来值班！"张海军突然说。

"领导你不回去了？"刘家杰诧异地抬起头望向张海军。

"你看这情况，上面暂时没有任命项目书记，我身上既挑着项目经理的重担，又扛着书记的责任，我回家了，谁来坐镇呀？"张海军笑着说。

刘家杰欲言又止，到嘴边的话又咽了回去。

他实在是太想回家了，一直挂念着家里的孩子，挂念着父母和妻子，毕竟两年没回家了。

第二天早晨6点不到，他老早就收拾好了行李，如愿把自己塞进了老马的车里，往日一本正经的技术负责人早已掩不住内心的狂欢。那种感觉就像他上大学时寒暑假回家一样，内心充满了期待。

老马对刘家杰此刻的心情感同身受。作为隧道人，常年在外奔波，能够有回家的机会，是多么奢望的一件事。

老马一脚将油门儿踩到底，一转眼的工夫就爬上了"二十四道拐"。

04. 水漫竖井

刘家杰看着窗外掠过的酸刺杂草，觉得它们从未如此美丽，甚至沉迷在汽车的颠簸里，就像卧在舒服的摇椅里一样，哼着动听的曲调。

"停车！老马，快停车！"

"嗯？怎么了？"老马瞥了一眼刘家杰，又盯向前方，一脸疑惑。

"竖井被淹了，你看！"刘家杰把手机递到老马眼前。

老马立即一个急刹车，整个人往前倾了大半截，幸亏系了安全带。

"妈哟！"老马叫出了声。

刘家杰咬着嘴唇一直盯着工作群里发的图片和信息，在座位上愣了半天。

"我先向张总汇报一下！"刘家杰说着就拨起了电话。

……

"真不回去了?"电话那边的张海军问道。

"不回去了,等险情处理完再回去!"刘家杰回答道。

"那你先坐老马的车去抢险,我坐其他车随后就到!"张海军果断地挂掉了电话。

从斜井工区到竖井工区之间相距四五十千米,往返一趟就要3个多小时。用车紧张的时候,一天跑三趟。这在老马看来没什么大不了的,他不似年轻的后生们各种抱怨。

老马心里一直有一个梗,就是最不想去竖井,却又最想去竖井。这事只有刘家杰深知其中的原因,因为老马只对他一个人讲过。

30多年前,老马已经跟着车队在大瑶山隧道混了,说混一点也不为过,十六七岁的年纪刚刚学会开车,能干出什么惊天动地的大事呢?

但正是大瑶山隧道使他这一辈子始终与隧道难舍难分,让他学会了承担责任,心里埋下了忠诚于隧道建设的使命情怀。

大瑶山隧道在当时第一次以813米长的斜井和433米深的竖井,打破了当时中国斜井不得超过200米,竖井不得超过150米的旧规定。

如此相像,如此巧合。30多年后,还是这支"国家队",承担起了创造国内最长斜井、最深竖井的重任,只是斜井超过3800米,竖井超过764米,比30多年前的更长、更深,更加复杂困难了。

所以,在老马看来,这绝对是上天对他的恩赐,就好像注定的缘分一样。

因为他已经在最长斜井施工现场工作了,也载着领导进出隧道无数次,对斜井再熟悉不过了。但竖井至今还没下去过,也没有正当理由让一个司机下井,这就好像未了的心愿一样,一直在老马心头萦绕,自然也就成了他对竖井工区既想去又不想去的纠结所在。

……

"今天凌晨3点多监测到左侧井帮出现涌水,大约碗口大小,到目前为止,出水量每小时300立方米。从理论上来算,每小时上涨15.3米。"竖井工区技术负责人林江向现场主要管理人员迅速简要地汇报了当前情况。

"按照这个速度,涌水很快就会漫上地面!"竖井工区项目经理郑涛补充了一句。

"那岂不是淹井了?"刘家杰诧异的提问引起了现场所有人的骚动,大家开始议论开来。

得益于先进的监测系统和可靠的竖井提升系统,井下作业人员在大涌水发生前得以迅速撤离。大家想想都后怕……

老马在刘家杰旁边嘀咕道:"这可是地下600多米啊!当年我下过大瑶山隧道400多米深的班古坳竖井,能让人窒息。这要是被困在里面,那根本就没法救。"

竖井的开挖本来就是一点一点地向下掘砌,有时候掘进1米就要花费一个月的时间。这次淹井让所有人4年来的付出功亏一篑。

而此时距离井底764米的目标就剩100多米了,更别说项目部已经编制好了井底车场的施工方案……

刘家杰虽然负责斜井技术工作,对竖井施工技术不是很熟悉,但他所在的斜井也同样经历了大涌水的险情。好在斜井不像这个垂直六七百米的深井,他们通过设置固定泵站一级接一级,加大抽排水,设法堵截水源就能把所有的积水排出去。

可如此深的竖井怎么去堵截涌水点呢,怎么抽排水?想到这里,刘家杰不禁倒吸了一口凉气。

他还清晰记得第一次坐"大铁桶"深入地下600多米时,那种侵入骨髓的恐惧,估计一辈子都难以忘记。

"不会掉下去吧?"

"放心,我们每天都会对这个'大铁桶'进行全面安全检查的,就是坐5个你也绰绰有余,快进去抓好。"竖井工区项目经理郑涛如数家珍般炫耀起来。

刘家杰深知在700多米深的井下,如果有一颗指甲盖大小的石头掉下来,其能量不亚于机枪射出的子弹,若砸中井底的人,人瞬间就会被击穿。而每秒12米的升降速度,对这个"大铁桶"承载的安全性能提出了严苛的要求。其实，所谓"大铁桶"就是竖井的提升系统，其中物料提升系统能够承受7倍于本身的荷载，人员提升系统经受得起9倍荷载。当提升钢丝绳磨损达到2毫米、断丝达到3根、长度超过0.5%时必须立即更换。

刘家杰蹑手蹑脚地爬进湿漉漉、满是泥水的大铁桶，当井盖迅速封闭的一刹那，心中顿生一股莫名的恐慌，整个人宛如被一条巨大的吞天巨蟒吞噬。

漆黑，一片漆黑，伸手不见五指，抬头不见天日，仿佛光明从此消失，黑暗裹挟着恐惧钻入身体的每一个毛孔。

站在钢索吊着的吨级大铁桶里，分明是在不断地缓缓降落，但人的神经末梢传递的信号却是自己正在跌入无尽黑暗的深渊，无处可抓的无助感和悬在几百米深井中的孤寂感、渺小感，萦绕在心头，挥之不去。寂静也在此刻袭来，侵入骨髓，黑暗变得更加强大与粗暴。"嘶……嘶……"抓岩机发出的刺耳声突然传出，毫无防备地钻入耳朵，闯到心尖，并在井中弥漫回荡，久久不散，像极了蟒蛇吐芯的声音。

大铁桶毫无征兆地一顿，伴随失重，无助感再次袭来。爬出铁桶，昏暗的井底更是压抑，脚下到处是水，头顶上的水如暴雨般落下。

由于开挖至地热段，脚下的水是热的，而头顶的水却是冰凉的。

几名工人正在配合抓岩机清理着石渣。

出于安全考虑，井中没有安装照明设备，只有几个手电筒微弱的灯光晃来晃去。

工人们每天要在这样的环境中待8个小时，忙的时候，饭也顾不上吃。埋炸药、清渣、注浆一点一点地进行着……若是没有巨大的勇气，一般人都不敢下井，更别说在半径仅2.5米的井底下长时间作业了。

建设者都是英雄。他们用异于常人的毅力和勇气在这样昏暗、幽深、逼仄、潮湿的封闭空间中，穿着重达10斤的雨衣，克服着各种恐惧，不断刷新着国内铁路隧道竖井的深度。

当刘家杰爬出井口的那一瞬间，刺眼的光亮让他一度无法睁开双眼，温暖的阳光就像轻柔的暖风，迎面而来弥漫每一个毛孔，这般温暖似乎就是上天给予的恩赐。

踩着结实的大地，顿生逃出生天的感觉。

05. 黑暗中的"疯狂"

"这么深的竖井，咋个处理哟，恐怕得请个道行高深的专家来会诊吧？"老马下意识地随口说了一声。

老马觉得目前的险情似曾相识，就像30多年前大瑶山隧道班古坳竖井被淹一样。当时来了好多专家、领导，甚至还有德国、日本的专家。

刘家杰刚刚走了个神儿，便顺口支吾了一声："噢。"

可能是心不在焉的缘故，又或是觉得从一个司机的口里冒出这样的话，没什么价值，也就没把老马的建议当回事。

竖井工区的工人们绞尽脑汁地想出了不下 10 种方案，但面对深不见底的"无底洞"，无论是抽排水还是堵塞出水点，所有人都束手无策，确切地说根本就无从下手。因为最大的问题在于太深，堵塞出水点简直就是天方夜谭，想要潜入地下六七百米深的井底堵塞，光水压就能把人撕碎，更别说在混浊的泥水里找出水点的位置。

大家没日没夜地折腾了好几天，但始终没有实质性的进展。就在这时，刘家杰突然想起老马前几天说的话。

"对了！有办法了！"

他们向上级打了召开更高级别专家会的报告。很快，各层级的专家、领导，包括建设、设计等单位的专家多次深入现场反复调研论证，前前后后开了不下 5 场专家会。

"不愧是专家啊！比我们那时候牛多了。"老马觉得这些位专家给出的方案太疯狂了。

专家们最终决定采用"封闭注浆"，也就是暂时放弃封堵，撤离现场所有人员、设备，等最终水位平衡后，再进行浆液封堵井底、注浆堵水，再次向下掘砌的方案。

这是一个跳出所有人固有认知的方案。

老马说"疯狂"其实一点也不为过。

按照惯例，出现这样的险情，要做的第一件事就是赶快止水，堵截出水点。但专家们的方案完全反了过来，任由涌水继续涌下去，直至达到水压平衡点不再涌水为止。

但更"疯狂"的是，在此基础上由下而上注浆，直到封堵井底、堵住出水点。

这就相当于填井，完全打破了所有人的认知。所有人辛辛苦苦，一点一滴掘砌到600多米，再坚持一下马上到达井底，眼看胜利在望了，但现在居然要回过头来填井，这是多么令人意想不到和不可接受的方案。

"确实很疯狂，但从长远来看，这是最佳方案。"刘家杰一脸崇拜的样子。

诚然，这是最佳方案。因为竖井施工举步维艰，施工以来共发生突泥涌水、井帮垮塌及井壁开裂等险情16次。仅注浆堵水时间就占了4/5，而正常掘砌时间只占1/5。所以，为彻底解决难题，方案还提出了"靶向注浆"，也就是用特殊昂贵材料提前在探明涌水的点上进行注浆凝固，再在注浆凝固的基础上掘砌，所以就决定了后面100多米必须在开挖、注浆、再开挖的基础上进行，这无疑成倍地增加了成本。

原本每吨200~300元的水泥全部换成了每吨3000元的超细水泥。确切地说，应该是成10倍地增加成本。

自2018年1月中旬被淹以来，他们历时14个月，最终战胜了涌水。该方案的成功运用尚属国内首次，同时也相当于一次探索性试验，为今后类似超深竖井施工提供了可借鉴的案例。

变化无常的地质，涌水、涌沙、高温、高地应力从来就没有停止过。但斜井和竖井的各种艰难险阻暂时被克服了，所有人似乎有种苦尽甘来的感觉，因为苦是苦了点，可总归是向好的，隧道掘砌在一点一点地向前推进。

与此同时，就在工人们想尽一切办法战胜困难期间，高黎贡山隧道正洞、平导接连突遇涌水、涌泥，致使"彩云号"和"彩云1号"隧道掘进机被困隧道内，动弹不得。

"'彩云号'被困了！"张海军在斜井工区周一例会上突然抛出这几个字。

会议室一片沉寂。

"彩云号"是中国自主研制的国内最大直径硬岩掘进的掘进机，开挖直径达9.03米，这也是首次专门为高黎贡山隧道复杂地质条件下施工所研发的。而"彩云1号"是中国第一台再制造掘进机，入选"大国重器"。

至于为何称之为"彩云号"，大概是彩云之南的缘故。

"幸亏未造成人员伤亡，大家迅速交接一下，我们每个部门马上抽调1名管理骨干组成抢险增援突击队赶赴抢险！

"对了，刘家杰你赶快组织一下咱斜井有丰富抢险作业经验的人员，备好物资赶快集合。"

"好！我马上去落实。"

不到半小时，一支20余人的抢险增援突击队全部集合到位，在车里候着。坐不下的索性就坐在皮卡车厢里的抢险物资上。

四五辆车疾驰而去。当然，老马的车排在最前面。

老马见大家都板着严肃的脸，气氛如此沉闷，就半开玩笑地对刘家杰说道："刘总经历的抢险多不多？"

刘家杰从思考中回过神来。

"如果算上咱斜井、竖井抢险的话，那应该有2次了。"

"要得嘛，我虽然只是个开车的，也没出过多大力，但我就经历比较多了。"老马脸上洋溢着自豪。

"我印象最深的还是大瑶山9号断层抢险，尤其是抢险突击队长'山神'最厉害了，全国都出了名的。"

"山神"是文家林的称号，也有人称他为"老隧道"。他身上有很多传奇故事，都是与隧道有关的。

"可能你们现在这些小青年都不知道'山神'是谁，但那时候他可是家喻户晓,全国知名,上过大报头条的人。"

老马很享受这种感觉,仿佛又回到了那段天不怕地不怕,热火朝天的时光。

"我以前听我的老领导说过。他是一位带领突击队抢塌方、攻断层、破难关、救战友的'老隧道'。"张海军补充了一句。

这样形容文家林一点也不为过,知道的人都清楚他一辈子都在和大山、隧道的险情较量。他担任过9次正式命名的突击队长,征服了一座又一座的"烂洞子"。

"对,他的第一个绰号叫'金刚钻',是在1956年参加宝成铁路抢险时叫开的,那个时候他才18岁哦。听我师傅说,在成昆铁路白石岩3号隧道抢险的文家林,因为没日没夜地抢险致使他的胃大出血,被切除了2/3,后被工程处命名为'小老虎',这可是官方命名的呀!"

刘家杰听得入了神:"真是初生牛犊不怕虎啊!"

老马只是说了冰山一角,他的事迹还很多。比如1981年,大瑶山隧道出口发生大塌方,处长命令他从5000多人的工程处选10个"尖兵"去抢险,限期一个月,但最终他们只用了24天便扫除了障碍。1983年,他担任二队队长在大瑶山最深处奋战22个月,提前35天打通了当时中国铁路史上最长的斜井——大瑶山隧道滑石排1号斜井。

"他的事迹还有很多,尤其是大瑶山9号断层抢险。"提到大瑶山,怎么都绕不过9号断层。

9号断层地处粤北山区山字形构造的脊柱部位,长465米,为区域性大断裂带,断层上为砂岩,裂隙多,岩体松软破碎,有断层泥及大量的地下涌水和流沙。

"中国没有能力通过这样的大断层!"早就关注着大瑶山隧道的外国专家曾断言。

一时间,国务院、铁道部、原国家建委、广东省委都关注着9号断层情况如何。"就像我们斜井被淹时召开专家会那样,经过专家们论证,确定在断层左侧,由南向北打一条500米长的超前平行导坑,为正洞过断层探明地质、提供数据、泄水减压……"

"你们猜谁来带队打平导呢?"

"肯定不是'彩云号'。"刘家杰开了句玩笑,一车人都笑了起来,这时沉闷的气氛一扫而净。

"肯定是文家林嘛,那时候哪有现在这么先进的设备。"自然整个工程处只有文家林才能胜任这份艰巨的任务。150名突击队员向古老的震旦纪、寒武纪地层发起了猛攻。

"和我们现在施工的高黎贡山隧道一模一样,涌水、塌方、涌泥、涌沙,各种复杂地质层出不穷。在风钻打眼的时候,水柱直接喷射而出,能把5米开外的人冲翻几个跟头,水中还时不时地夹杂着石块,打得突击队员的脸上、手上鲜血直流。涌泥、涌沙几分钟就能涌出几百吨,跑慢了就会被埋进去。岩层破碎得用手一抓就能掉下一大堆,一放炮就坍下来几十上百方,500米的导坑大小塌方30多次。"老马亲身经历过,所以说起来一点也不磕巴,更不含糊。

1986年年底的一天,平导里一阵地动山摇。这是平导最大也是最严重的一次塌方,坍体20多米高,10多米长,9米宽,成百上千方的巨石,把钢管支撑的棚架全部砸垮了,一吨多重一根的钢梁被拧成麻花状。

大家都着急想冲进去抢救机械设备,但却被文家林吼住,他独自深入隧道察看险情。就在刚进去不久,猛地又是一阵地动山摇,里面又塌方了,文家林回过头一看,回路被坍体堵死了。随后就像余震一样,头顶上不间断地掉下大大小小的石块,咚、咚、咚就砸在他的安全帽上。

凭借着丰富的经验,文家林预感到还要发生险情,于是打着手电筒急忙寻找生路。正好前方一米处有一个巨石撑起的小洞,他敏捷地往小洞一蹲,头顶碎石瞬间铺天盖地地掉了下来。

过了好久,文家林才拖着伤痕累累的身体从缝隙里一点一点地钻了出来。

他活着出来了。大家被这一奇迹惊呆了,好一阵才回过神来,簇拥着上前抱住这位"山神"。

"我可不是瞎编呀,你们可以去看以前专门为大瑶山拍摄的一部老电影《山魂霹雳》,里面就有文家林的艺术原型。

"在当时,那可是征服了千千万万人的一部电影,不知道现在还能不能找得到……"老马明显放缓了语气,压低了声调,似乎又有往事涌上心头。

刘家杰没有说什么,心里暗暗地做了一番比较。老马口中的文家林在他看来几近疯狂,但是面对险情每个隧道人都是如此的相像,只是现在我们的技术更先进了,就像被卡在平导里的"彩云号",至少工人师傅们不用像三四十年前那样拼死拼活冒着生命危险在隧道里施工了。

"文家林最后去干什么了?"刘家杰问。

"不晓得哟!我印象中他最后去了当时中国最长、现代化程度最高的梧桐山隧道了。"

"就是我们修建的荣获鲁班奖的深圳梧桐山隧道。"张海军补充道。

刘家杰算了一下,文家林在宝成铁路抢险时正好18岁,那么他就是1938年出生的,到现在也有80岁了,不知道这位"山神"是否健在。

算罢,他的心头倏地涌上一股莫名的心酸。

文家林的事迹给大家留下了深刻的印象,更进一步激发了大家敢于直视困难的斗志。

不久,在各方的共同努力下,工人们历经91个小时将23米的"掘进机生命通道"顺利打通,成功防止了"彩云号"被淹,确保了安全,最终,成功地"解救"了"彩云号"。

2020年6月底,高黎贡山隧道竖井、斜井全部成功掘砌到底到达正洞位置,等待着人们的将是井底车场施工和"彩云号"的完美际遇。

10年之期,刘家杰算了一下,等这条横跨中缅的国际铁路大通道通车之时,自己正好40岁。

1
2

3

1 建设者在高黎贡山隧道内施工
2 高黎贡山隧道竖井是中国铁路建设的最深竖井,深达764.74米
3 高黎贡山外景

第五章 软度

在西北民歌"花儿"的吟唱之中,在自然的洗礼之下,一卷羊皮的书页初次展开,这仿佛是青藏高原东麓、秦岭西部、陇南山地的合颂、弹唱和起舞。遥望木寨岭,它所在的这个旱地码头正伏卧其上,粗糙、苍白、短促,甚至像一声可以忽略不计的尾音,一闪而过。

但是西部人民和木寨岭隧道的建设者,咀嚼着这颗鲜为人知的果实,内心布满潮汐和泪水。

01. 牙扎湾的命

西北不比江南地,风吹脸颊不是纤手柔抚,而是像一把刀子割过去,在脸上留下一行行深深浅浅的沟壑。马老三的脸上便是如此。他脸上的沟壑肆意地横亘着,黝黑的皮肤仿佛一张大口在吞噬着灼人的阳光。

他背着手,左右踱着步,焦急地张望着。

忽而路的尽头出现一条汉子，一身中山装虽然有些陈旧，但却洗得发白，看得出来是个爱干净的人，胸口的口袋里别着一支钢笔，认不出牌子，却可以从主人时不时瞥过它的眼神，看得出它很受主人的重视。

马老三三步并作两步跑向那人。

"哎哟，书记哎，你可算来了，你说隧道什么时候挖啊，铁路啥时候能通啊，咱们这几十户乡亲可等得苦了去了！"

被唤作书记的那人表情无甚变化，看得出来，这事儿大概不知被问了多少回，他像往常一样答道：

"快了，快了。"

这些年来，因为药材买卖的事儿，马老三没少在镇上跑，后来不知道在哪儿听人说县里要修铁路了，自那以后，他就时不时地在村里杨书记家附近蹲点，碰见了总要拉着人家说上半天。这不，今天又是这样，好在杨书记是个难得的好脾气，还是耐心地听马老三唠叨完，然后安抚几句，跟他说，这事儿是县里通知的，肯定是真的，让他放心。

直到太阳落山，马老三才拖着步子从村支书杨书记家出来。

暮色降临，村庄在灯火的摇曳中影影绰绰。

时值6月，岭上的三芒草长得正盛，马老三忽然有种走在塞上肥沃草场的错觉，一阵沙尘随风袭来，马老三呛了一下，几声咳嗽迅速把他拉回现实。是的，这里并非塞上簇拥的村庄，也毫无江南的秀丽。牙扎湾，只不过是陇南一片群山峻岭之中一座山岭脚下的小小村落。

在马老三的印象里，最初出现在山岭下的是人们搭建的一些窝棚，一些人挤进山坳的角落，用沉默和双肩面对这片土地，从此扎下了根。后来窝棚成了一片聚集地，更多的土地被开垦，这群似乎被时代遗忘的人群在黑暗的幕布下开始了永不休止的拓荒，汗水在沉默中汇聚成海，只留下皲裂的皮肤、黄土沾染的身躯和身后播撒着希望的种子。

像往常一样，马老三照例每晚都会去地里看上一眼，看着满地已经长成的药材，心里泛起一阵酸涩，往年照例是有人来村里收，一次机缘巧合马老三去镇上赶集，跟别村的人一打听，才知道他们村的药材被药商压了不少价。后来马老三就联合村里的几个药农老哥，自己包车，把药材拉出去卖。但中药材作为特殊的农产品，保鲜、运输和储存都有特殊的限制，一开始老哥们哪懂得这些，吃了几次亏，才知道要防潮、防虫。可是即便如此，运送出去的药材也十分有限，而在这山岭之中，公路运输的时间和成本都太大了。想到这儿，他坐在地头，看着不远处的山岭，叹着气。

后来他听说镇上可能通铁路，在牙扎湾生活了近60年，他还不知道要用怎样的想象力在此等峻岭之地描绘出铁路通达、火车呜呜的景象。他既满心期待，但又怕希望落空，如果这事儿是真的，那对于他们这些山里的老药农来说，可是天大的喜事儿了。自此他就像肩负了什么责任似的，一有空闲就四处打听，这一打听就是小半年，却迟迟不见动静。

夜幕降临，夜色将连绵山脉的一切掩去，星月逐渐隐匿踪迹，所有的无奈和沉默好似山间的刺蓬草被风吹进心底，万籁无声，好像祖辈曾经到来的夜晚，咳嗽和叹息将繁茂凋零成荒原。

马老二想，大概每个人就如同这岭上的三芒草，在动荡的老旧年代中四处漂泊，有些扎根于一处安乐之地——平坦的土地总是能存留更多父辈的庇护，而有些则随风飘向远方，或沟渠，或峭壁……而在这样的土地上生活，就必须耐着性子攒着劲儿，尽力汲取阳光和水分努力地去生存。

"都是命啊！"

归途中的小麻雀叽叽喳喳地抗议着，像这山岭中的许多老药农一样，马老三只能硬着头皮走下去，一路上的跌跌撞撞在无边的寂静中显得格外荒凉，无奈和沉默化作冷风中的喘息飘洒在整片山坡。

前几天村里召开的大会上，杨书记告诉大家，县里传来消息，这两天就会有人来这里修铁路、打隧道。自从知道了这个消息，马老三没事儿就往黄水沟跑，在那一片瞎转悠。

这天，马老三拴好毛驴，倚着路边的木头桩子。西北的冬天满眼除了白雪就是黄土，还零星点缀着枯木和碎石，蜿蜒的小河里冰还未化开。山梁上，河对岸，风吹着光秃秃的枝丫发出哗啦啦的声音。马老三莫名地急躁起来，他朝四周不停张望着，心想：该不是出差错了？

就在这时，从岭外转过一辆车，紧接着，一辆接一辆，冰封已久的山岭，仿若被破开了一道口子，一眼望不到头的车队像鱼儿一样争相涌出。

马老三终于喜上眉梢，他屏住呼吸，两眼直勾勾地望着车队。车队已然开到了面前，轰隆隆的轧路声此起彼伏，惊飞枯枝上的鸟雀，四散逃开。紧接着一批批穿着工装的人们从一辆辆车上鱼贯而出，几个年轻的面孔好奇地打量着周围，发出一阵阵感叹。

"嘿！来啦！"

02. 学生时代的理想

是夜，陈明躺在项目部里刚搭建起来的硬板床上，虽然困得睁不开眼睛，但脑子却还很清醒。

这些日子，有很多工作人员入驻项目部，身为工区总工的他，除了要安排一应人员的工作内容，同时还要帮助解决同志们遇到的生活问题。

"一定要想办法缓解一些同志的高反问题，还有士气问题。"陈明这么想着。

他又想到白天在黄水沟碰到的一位老乡，老乡仿佛在岭下等了许久似的，一见着他就连忙上来握住他的手。

"你们可来了嘛，物个娃娃攒劲着……"

听着这熟悉的西北腔，手被老乡紧紧攥住，正值岁寒隆冬，陈明的心里却涌起一股暖流。

他是个西北娃，那还是在大学读书的时候，他看到孙中山先生的《建国方略》中对纵贯南北大铁路之一——兰渝铁路的设想。"经过物产极多、矿产极富之地区""中国铁路系统中最重要者"这些词句在陈明的心里留下了深深的印记，也埋下了一颗种子。

为此他时常翻开中国的交通图，将目光停留在西部，用铅笔将兰州和重庆两点用直线连起来，这条直线与宝成线交叉，形成 X 形，把西北和西南像龙骨一样镶嵌在一起，是西北到西南最便捷的通道。

这条线上，有 3600 万人，绝大部分是贫穷的农民。

这条线上，集中着 17 个国家级贫困县。

这条线上，10 万平方千米的土地，蕴藏着数不尽的金、煤、铜和药材……

自中华人民共和国成立后，国家有关部门曾多次对这条铁路进行论证、勘测和设计，但都因地质复杂、施工技术受限而中断；20 世纪末，随着我国隧道修建技术的日益成熟，兰渝铁路再次被提上各级政府的议事日程，甘、陕、川、渝政府两次请示。

陈明知道这条铁路对于西部的意义，也知道西北人民的眼中饱含着怎样热切的期待。陇南，这衔接甘肃、四川、陕西的三省之地，恰在中国地理版图的几何中心，这片土地上层层叠叠的山岭，如同天然的无穷屏障将那些人们的一生与外界隔绝开来，就这样困在这重重大山之中。

而今，兰渝铁路正式修建，陈明内心的火苗瞬间被点燃，他无论如何不能错过这个机会。当他来到木寨岭，要来打通这座国内独有、世界罕见、风险极高的隧道，要来完成兰渝铁路全线第二大控制性工程，他就决定了要与未知的困难鏖战，哪怕是献出自己的青春，哪怕是长期与孤寂、危险做伴，他都决不退缩，永不后悔。

夜深了，陇上没有大风，在这个离天更近的地方，星星总显得特别亮。

肖朋排在队伍的最后面，起先他还尽力迈着大步跟上队伍，渐渐地，他觉得脚下的沙土越来越软，他必须尽量把身体往前倾，将重心前移，才能向前走。可就在挪步的瞬间，他脚下松软的沙砾突然下陷，重达 500 斤的拱形钢梁就这样在 5 个并不健硕的肩膀上打了一个趔趄。就在这千钧一发的时刻，如同深海巨轮靠岸时抛下的铁锚，肖朋的靴子顷刻间在空中画了一道弧线，狠狠地踩进前方的沙土中，又重新立定起来。可是这样一来，沉重的钢梁就压在了他的脊背上，使他迈不开脚步，甚至透不过气来。

"小肖！稳住！坚持住！"

"一、二！起！"

"慢！慢！落！"

自开工以后，这样的动作不知重复过多少次。肖朋看着拧成麻花的工字钢，心里直犯嘀咕。

肖朋呼哧呼哧的喘息还没平静，仰起头，隧道顶上的钢筋凝固着混凝土密麻交错着，狭小的空间里混杂着机器、人体高强度运转时散发的热量，一阵眩晕，他要出去透透气。

肖朋坐在洞外一块大石头上，叉着腰、大口大口地吸着洞外的新鲜空气。

隧道刚开工不久，遇到的困难就已经超出了他的想象。隧道进口开挖到300米时，遭遇浅埋段，隧道每天"收缩"变形10到20厘米，连超常规支护都起不了作用，倒"U"字形的钢拱架变形扭成"Z"字形，工字钢变成了麻花钢……后来他听项目上的工程师说这是超强地应力爆发的缘故。

肖朋是个年轻人，虽说出来务工的时间不长，但也参加过几个大小隧道项目。可自打来到木寨岭，他深觉自己的世面还是见得少了，这每天都会变形的木寨岭隧道，让他有些摸不着头脑。工班里见多识广的老班长告诉他，这属于软岩隧洞的大变形，因其特殊的地应力环境，隧洞的变形破坏方式多、变形量大、变形速度高……

肖朋只觉得，这隧道遇风即化、遇水即融，脆弱得很，全然颠覆了以往传统隧道施工打眼、放炮、出渣的概念。常规机械的威力顷刻间丧失，破碎机就像扎进橡皮泥，钻杆就像打进豆腐一样，在掘进过程中只能放弃炸药爆破，采用最原始的镐和锹，一锹一镐地往里抠，偌大的掌子面此时就像一个"考古场"。

为了解决软岩问题，他们一次次成倍增加初期支护钢拱架强度，从单层到两层，再到三层，甚至是四层，二次衬砌厚度和强度也在不断增加。饶是如此，高地应力引起的衬砌开裂现象还是令人触目惊心，墙上的龟裂此起彼伏，他们每天在施工过程中都要不时地检查，以便随时掌握洞内开裂、支护情况。

一想到隧道开工至今，遇到这许多的困难和问题，肖朋心里就像是被隧道里开裂掉块的混凝土堵住了一样，闷得喘不过气来。

他过去体魄健壮，可自打来了木寨岭，体重就掉了10多斤，2000多米的海拔，大量的体力消耗，超出想象的开挖难度，让这个能吃苦的小伙子消瘦了不少。离家前，老娘再三叮嘱他，在外做工要肯吃苦、有耐性，干一事就要专一事，否则到头来一事无成。想到这儿，他站起来拍了拍裤子上的泥土，紧了紧鞋带，仿佛又重燃起斗志，满怀干劲地朝洞子里走去。

03. 无可借鉴之范本

经过一分多钟，李林才走进隧道深处。

难以想象的景象立刻展现在他眼前：灯火、钢筋、混凝土、机车、管道、线路、材料以及各种声响和回音纷乱地搅在一起。钢梁顶柱横七竖八支撑着岩壁，不时有砂岩石渣从头顶上漏下来，愈往前走道路愈显复杂，最终，他到了掌子面上，突然不知从哪里袭来一股巨大的热浪，肢体被强大的惯性抛了出去……

"小李？小李？累了就回去歇会儿吧。"

李林睁开眼，原来是一场梦。此刻，他正趴在单位办公室的桌子上。只是今天考察时，隧道里所见的景象还历历在目，初期支护喷射混凝土开裂掉块，工字钢扭曲挫断、拱墙开裂……

"老师，我没事儿，我再把资料整理一下。"

他有太多的事情要做，刚从现场回来，有一大堆文字资料和数据要整理，下一次考察可以作为参考。

在山岭隧道科考可不简单，照相机只能记录影像，却不能提供精确的数据，而科考最重要的就是数据，为此他没少在隧道里折腾，许多文字和数据都是在洞里用铅笔潦潦草草地写在小本子上的，许多线路图、地形、地物也都是在行走途中随手画下来的，还有施工方提供的大量数据和实地施工状况反馈……要整理这些宝贵的资料，太需要时间了。

算上这次，他们总共去了三次木寨岭隧道，光是参加的大型专家论证会就有10多次。作为一名有经验的专家助手，这些年来，李林跟着老师去过不少大大小小的隧道，但让他印象深刻、如此挂怀的隧道却并不多，木寨岭隧道可算一个。

从事地质科考工作以来，李林对岩土方面的兴趣日趋浓厚，一个岩土痴迷者时至今日也可以算得上半个专家了。每当在工作中遇到难题，感到焦虑的时候，这样一种喜好总能让他片刻转移注意力——进入石头的世界。

他抚摸着桌上的碳质板岩标本——在这样的岩区里会有瓦斯外溢的可能，他曾在隧道里见过这样的场景：一个年轻工人小心翼翼地在阴影里迂回，黑暗的地底仿佛有一个引力巨大的无底陷坑似的，逐渐吸去他的影子，他扣紧自己的安全帽，勒紧裤腿，深深地出一口长气，绷紧神经，拿着手电，缓缓前行，手电的光亮仿佛是从他身体里挤出似的。在这样的岩区环境里工作，未知危险发生的可能性总是让人无时无刻不绷紧神经。

木寨岭除了碳质板岩以外，还包括黏质黄土、砂质黄土、板岩、泥岩、断层压碎岩、纯灰岩等，此等地层条件之复杂度，地质条件之恶劣度均超出常人想象。

这些日子李林几乎翻遍了所有相关的教科书，但真正有参考价值的内容却十分有限。他忽然想起，上学的时候他曾摘录过一些国内外同类隧道的信息和数据。

翻腾了许久，他终于把柜子底下最后一只旧纸箱拖出来。他累得腰都疼了，最后干脆坐在地上，打开纸箱。箱子里有一个旧报纸包着的东西，打开纸包，里面是一摞大大小小的本子，他眼前一亮，没顾得拍去身上的灰尘，赶忙翻开一本，正是要找的笔记。

与国际同类隧道相比，木寨岭隧道最大地应力是奥地利阿尔贝格隧道的 2 倍，最大累计变形量是它的 4 倍；与同在甘肃地区的乌鞘岭隧道相比，木寨岭隧道的岩石极为软弱，最大累计变形量是它的近 3 倍。此外木寨岭隧道要穿越总长达 4.5 千米的断层破碎带，最大地应力相当于每平方米承受 3888 吨的压力，相当于水下大概 3800 米处压强。

折腾了这么久，他本以为可以找到些有直接参考价值的指导性资料，却没想到只落了一身灰，不由得有些懊恼。

"小李，那边测量的数据唐队长一会儿传给你，你拿到后抓紧时间整理出来，晚上开会要用！"

"唉！好！马上整理！"

不容多想，李林赶紧调整状态投入工作，他知道对于木寨岭隧道来说，每一场分析会都尤为重要。

04. 潘多拉魔盒

工作会结束已经很久了，陈明还在会议室里坐着。

眼下隧道正处于碳质板岩破碎带，地质十分脆弱，遇水即融，为了确保安全，只能采用风镐一点一点剥下，用锄头和撮箕一点一点往外运。

这就苦了工人兄弟。

他想起白天在洞里看到的小伙子，水珠顺着岩壁涌下来，打在他身上，那声音像是把冰块放进了开水中的炸裂声，噼噼啪啪的。水瓢泼一样，整个掌子面像瀑布形成的水帘洞。

工人们在这样的环境中已经苦战了整整一个月，今天在现场，陈明甚至隐隐觉得他们的皮肤都被淋泡得肿胀发白，他很心疼，却又无可奈何。

"国内罕见，世界难题"——专家们口中的这八个字就意味着，开挖木寨岭隧道，他们毫无经验可循。

"特极高地应力"就意味着从他们踏入木寨岭打隧道那一刻，就如同打开了"地质博物馆"的"潘多拉魔盒"。自此，未知的、无穷的磨难开始了。

隧道掘进过程中支护开挖、拆换反反复复……这些困难无一不在消磨着人的意志！想到这儿，陈明攥了攥拳头。

"陈工！陈工！隧道顺利渡过涌水段了！"

"来了！"

每次心情不好的时候，肖朋就吃不下饭，胃里就像被这高地的气压和内心的火气填满了一样。

每当傍晚休息的时候，他就会跑到山坡上待会儿。

肖朋觉得木寨岭的气候真是变幻无常，仿佛被一只神秘的大手撩拨着，下午还狂风大作，到了傍晚风就停了，整个木寨岭万籁俱寂。

山上的羊群，比石头更慢，它们咬住青山，就像人烟咬住日月的温暖。

肖朋有点儿想家，想他的老娘。

有时候他也不知道自己究竟想要干什么，或者说他自己也不清楚是因为什么坚持下来。

他想去远方，可远方太远；想安于现状，但心有不甘。他觉得自己在迷雾中穿行，他不知道他会成为什么样的人，但他知道他不能成为什么样的人。比如不能成为母亲口中半途而废的人。

只不过这样的坚持却要付出很大的代价，包括身体的消耗和意志的消磨，想到这儿，他有些委屈。他眺望着四周，有个学生模样的人正往坡上走，他赶紧扭过头，装作没看见一样，他心里正烦，希望这人能快些走开。结果老天就像是非要和他作对一样，那人的脚步声越来越近，最后竟朝着他走了过来。

"你是这里的工人吧？"

肖朋转过头瞥了他一眼，来人好像没看出他眼里的疏远，自顾自地在他身边坐下。

"我叫李林，跟老师过来收集隧道资料的。"

肖朋终于回过头，上下打量了一下来人——原本白净的衬衫因为这些日子的奔波忙碌，染上了些许灰尘，一头短发没有刻意打理，倒也显得整个人十分清爽。

肖朋挠挠头，他的头发因为施工沾染的泥水，已经结成了硬块，他突然有些尴尬，或许是两人的形象差距让他有些羞愧，抑或是在这里待得时间长了，他已经太久没有和陌生人聊过天了，一时间，他不知该如何接话。

李林伸出手，带着浅笑："认识一下吧。"

肖朋把手在衣服上蹭了蹭，也许是傍晚山岭上的风把人吹冷了，握住李林手的一瞬间，他突然感到一种久违的亲切、温暖和感动。

"我叫肖朋。"

"肖朋，你怎么一个人在这里啊？"

"你不也一个人在这儿吗？"

"哈哈哈，对，一个人在这里怎么了，瞧我。"

"……我今天心情不太好，这段时间隧道里来来回回地返工，有时候我们干了几天的活儿到最后全是白干。这样下去什么时候才是个头，这个隧道要什么时候才能挖完？"

"原来是这样，肖朋，你知道吗？像木寨岭这样的隧道，它的复杂度、危险度以及施工难度，在国内乃至世界都是罕见的，你能够参与它的建设，很了不起，我很敬佩你。"

"我也很想坚持，但是，真的，太难了。每次我看到隧道里那些弯曲变形的钢拱和开裂的内壁，真的很绝望。"

"我明白，我能理解，我们也在努力，我的老师，他们每天都在搜集资料，研究解决办法，相信你们的工程师、技术人员肯定也是如此，我们一起加油，别放弃！"

"你说，这隧道真能打通吗？"

"当然，我们这么多人一起努力，肯定能通，相信我，兄弟！"

"嗯。"

此时，在山坡上，这两个青年人坐在一起，在霞光中，看着不远处木寨岭的山壁，他们都知道，要把这条隧道打通，还要面临数不清的未知的困难，但是他们谁也不想放弃，他们是年轻人，有着充沛的精力和无穷的想象力，他们相信，有志者事竟成。这条隧道一定能打通！

路途颠簸不休，李小薇脑海中想象着与恋人重逢梦幻般的场景，随着车流淹没在山峦中，黄土逐渐占据了整片视野，高低起伏不止。车内安静了下来，初晨的光亮映得她的脸发红，一抹抹一簇簇跳动着，光影零碎在滚动着的路途中。

几番周折，窗外的风景也单一了起来，黄土拼凑的山丘硬生生形成了海的气势，汹涌着流动了过去。芒草伫立在这单调的世界中，平添了一份希望和生命的气息。

在山谷之中，几个回转几个急弯，道路两旁几处深沟，黄土被水流撕裂，留下巨大的疤痕，水流也渐渐倒在黄土的怀抱中就此安寝。路在脚下，发动机轰轰的声音压过了乘客的低语，窗外的天也狭窄了起来，一片片如同广阔地带的边角料，点缀在山梁的上方。

她最终还是做了这个决定，她把工作辞了，是的，她要来找她的爱人，翻山越岭也要来找他。

她愿意和他住在同一座山坡上，她愿意和他睡在房子里最阴冷的部分，她愿意和他就这样在一个偏僻的山村里寂静相爱，她要把思念锁在一个玻璃罐子里，在爱人醒着的夜晚，把它来来回回、互相传递，深深畅饮。

"陈明！我来了！"

不久后，木寨岭的山脚下不仅多了一对共同奋战的战友，同时也多了一对恩爱的夫妻。

05. 地动山摇

整个隧道像是被一种超然的力量移动了一下似的，接着岩壁上开始掉块儿。

先是老班长猛喊一声："怎么回事儿？"

肖朋接着喊："师傅，不是不能放炮吗，怎么震动这么大？"

肖朋的话还没完，整个隧道像被一股巨大的气浪席卷，大地开始发抖狂叫，紧接着更多的岩块像筛糠一样松落。

"不好，是地震，快撤！"

不知过了多久，天终于渐渐地亮了起来，漫天堆满了破棉絮似的云，大地还在断断续续颤抖着，工地上的许多建筑被撕扯出巨大的口子，轰然倒塌。食堂的张大娘在一旁抹着眼泪。

在这里生活了这么久，肖朋已然把这里当成了自己的另一个家，眼前如此景象让他也不由得鼻子一酸。

"集合了！"

还来不及悲伤，肖朋赶紧跑进了队伍。

"同志们，受地震影响，附近的212国道坍塌，受灾人民被困，救援物资无法及时运送进来。我项目部现成立紧急抢险队，负责对梅川段进行全力抢通，将地方人民群众的生命救援大通道打开，现在所有人跟我走，快！"

等肖朋再回到项目部时已经是深夜了，他所在的开挖小队一到现场就马不停蹄地开始了高强度作业，短短几个小时，他们就抢通了梅川段，接下来又配合当地政府进行相关的物资运送和疏通清理工作。一整天，他觉得自己跟个陀螺一样不停地旋转。

不知道隧道里怎么样了，他想。

灾难过后，世界仿佛变了个样。

陈明怔怔地看了很久，简直不敢相信眼前的景象，那一瞬间，他觉得过去走过的路、克服的困难，其实都没有真正过去，一切都堆积在今天、闪现在眼前。

历尽艰辛好不容易把隧道打到了现在，一场地震瞬间就改变了一切——多个斜井洞身结构遭到严重破坏，多处脱落掉块、开裂鼓包、高地应力重新分布……每一条裂缝都塞满了恐慌，他走得很慢，四顾苍茫，神色黯然。

木寨岭隧道处于地震带上，他是知道的，对于隧道可能遭遇的危险，他也早有准备。但当真正站在遭受重创的隧道里，面对近乎惨烈的景象时，他还是克制不住懊恼的情绪，身体止不住地发抖。

木寨岭啊，你总是这样变幻无穷，叫人无法捉摸。你难道是自然界的魔术师，能够呼风唤雨，改天换地吗？大自然仿佛一个屹立在山顶的天神，看着他们像蚂蚁一样一遍又一遍地忙碌，再将他们的努力尽数摧毁。

他恨不得像狂风一样腾空而起，在半空中对着木寨岭大喊一声，啊——霎时间地动山摇，电闪雷鸣，世界混沌一片。等云开雾散，天朗气清，隧道已经完好打通……

"陈工，刘专家找您。"

那天下午的会议一直持续到晚上，隧道衬砌出现开裂后，施工采用双层初支结构，隧道内变形明显减小，安全压力减轻。但在会上，现场的管理人员、技术组，以及诸多专家一致认为，隧道内应力仍旧很大，隧道结构仍然不稳定。

陈明很晚才回到宿舍，这会儿李小薇已经睡下了，看着已经熟睡的爱人，陈明知道她又忙了一整天，陈明心里有些愧疚，觉得他让小薇受苦了，就连婚礼也是在工地上草草办的，实在是太简陋了，虽然小薇毫不在意，但陈明一直觉得委屈了爱人，心里很不是滋味儿。他毫无睡意，起身披上一件衣服，轻轻带上了门。

屋外漫天的乌云遮住了月色，好在工地上的应急灯还亮着，零星闪着光，陈明长长地呼了一口气。猛然间瞥见不远处也坐着一个人，夜里的风更凌厉了，他打了个寒战，赶忙把身上的衣服紧了紧，他现在可是连感冒的工夫也没有了。

走近一看原来是肖朋在那儿坐着，那小子浑然不知他已经靠过来了。

"咳咳……"陈明轻轻地咳嗽了几声。

肖朋回过头，问道："陈经理，这么晚了还没睡啊？"

陈明含糊地"嗯"了一声："你小子不睡觉，大晚上一个人杵在这儿干什么？"

肖朋低下了头，回道："我……今天我们工班又走了几个人，我在宿舍里无聊，就出来待会儿。"

"唉，"陈明叹了口气，"最近施工确实不太顺畅，之前的地震也让不少人心里犯怵，能理解。你呢，肖朋，来这儿这么久了，心里怎么想的，能坚持住吗？"

"嗯，我老娘在家，我已经好久没回家了，有些想她。"

两个人都满怀心事，在月色下相顾无言。

良久，肖朋突然开口："没事儿陈工，你看留下来的人也不少嘛，再说，工地有人走了就会有新的人来，我虽然没读过多少书，但也知道愚公移山的故事，有志者事竟成！"

"好小子，有志气！"陈明轻轻拍了拍肖朋的肩膀，他抬起头，天空中月亮不知什么时候从云间探出了头。

不远处有个人影闪过，那人还朝着他们这边喊：

"肖朋。哎！陈工也在，我们走了啊。"

原来是李林，陈明原以为刘专家今天有事来不了了，没承想这么晚了，他们居然又跑到工地来了。

"这么晚，刘专家又来看7号斜井了啊！"

"对，老师今天忙得比较晚，看完到这会儿了我们才走。"李林朝他们挥手。

"路上小心。"肖朋朝李林道。

看着肖朋和李林，陈明仿佛又看到了年轻时候的自己，也是这么朝气蓬勃、充满干劲，也许是随着日子一天天过去，他觉得自己苍老了些许，有时候他觉得自己很累，不再是曾经那个有着无穷精力的少年了。但当他看到还有这么多人在为了共同的目标而努力，他又怎么能懈怠甚至犹疑呢。叮嘱肖朋早些休息后，陈明转身回了屋，在工地的泥土和沙砾上留下一行浅浅的脚印。此时月亮已然蹿出了云层,淡淡的光亮洒在大地上。

临近中午的时候,从西南方向的山后突然飘来一片乌云。不多时,这片乌云就漫过头顶,遮住太阳,慢慢布满了整个天空。刹那间,狂风卷着暴雨像无数条鞭子,狠命地往玻璃窗上抽打,很快,农田铺上了一层厚厚的"雪",不仅庄稼被毁坏,汽车玻璃被砸碎,就连天空中的麻雀也没能幸免于难。

雨帘夹杂着冰雹从山后席卷而来,顷刻间把天地变成白茫茫一片,混浊的泥浪翻滚着、吼叫着从山坡上急涌而下,几乎是一瞬间,工地被洪水淹没。

陈明立即从工地冲出去,隧道南水沟斜井5分钟内便被洪水冲垮,机械设备悉数被毁,施工物资都被淤泥覆盖,他冒着暴雨,踏着洼地往项目部办公室跑去,大伙儿也跟着他往回跑。他不知道摔了多少跤,才到了项目部。身上浸了泥水,头发和脸也被泥糊得五麻六道。

"铲车,铲车过来。"

铲车仰起的车头托起陈明,洪水充斥着狭小的房间,房子里到处是破碎的玻璃和漂浮的木块,他恍然觉得自己是汹涌大洋里的一叶孤舟。

来不及多想,他扑通一声跳下车斗,破窗进入办公室,混浊的洪水让他每走一步仿佛都陷在泥浆里难以自拔。

近一点,再近一点,他挪动着脚步,费力地走向密封的柜子。他抹了一把脸上的泥水,深吸一口气,迅速地打开柜门,泥水快,陈明的手更快,他一把抽出文件袋高高地举起。

就在陈明进入办公室的同时,员工们也都纷纷向各个办公室冲,在这翻滚咆哮的浊浪中,大家的心怦怦地跳着,扬着手举起资料往外蹚,这简直是一幕惊险的抢救战!

这些工程攻坚时期珍贵的数据和材料,在全体员工的奋力抢救下,终于得以幸存,也正因此,隧道建设史上的世界难题得以攻克。

06. 我宣誓！

"木寨岭的地形不同于其他任何地方，如果要在这里挖隧道，我们认为还是要始终坚持动态设计、动态施工的理念，不断根据新情况和新问题，动态调整施工方案。改良围岩结构，锚杆不行就用锚索，支护钢拱架强度，单层不行就两层，两层不行就三层、四层。

"同志们，我们已经到了开挖的关键时刻，岭脊段。我知道这段时间大家都很艰难，开挖过程非常艰苦，但是我希望大家能够坚定信心，这么多年的苦我们都吃过了，这么多难题我们都解决了，好不容易走到今天，这个问题解决了，这个难关渡过了，胜利就离我们不远了。兄弟们，有信心吗？"

"有！"

"陈工你放心，我们能坚持。"

"环境艰苦，精神不苦；围岩软弱，意志不弱；地层流变，决心不变；钢架压弯，腰杆不弯。"

尔后每年新春起始，兰渝铁路木寨岭隧道的工作者们都会举行这一仪式，大伙儿在工地上排出整齐的队伍，面对前方的木寨岭隧道宣誓，将木寨岭隧道的战斗精神永远屹立在这里。

一场大雪悄然而至。

早晨起来，老赵的头像炸裂一样疼痛，他觉得自己老了，几十年的隧道开挖生涯，见过河山万里，见过缥缈游云，也习惯了逼仄空间里的黑暗与透明、轰鸣和巨响。但是自从来到木寨岭，他还是第一次见到隧道会变戏法，一天一个样，他甚至觉得木寨岭的岩层远比他衰老的神经还要脆弱不堪，事实也的确如此。

自从进入岭脊地段以来，平均每天开挖不超过 1 米、每月不超过 10 米；变形最为严重时，紧邻掌子面处每天的变形值达到 20 厘米，10 天内收敛变形超过 2 米。起初，这对于老赵这个经验丰富的开挖老班长来说，无异于当头棒喝，要知道，他带领的开挖班成绩一直是各工区最好的。力气,大伙儿有的是。但是这回不比往常,老赵觉得在木寨岭挖隧道必须用镐头一点一点地敲,稍微用大了一点力气,就是地动山摇,鬼哭狼嚎,真是得罪不起。

仿佛命运的豁口蔓延大雪,飘满他的头顶,老赵走在这一片茫茫的白色雪地里,觉得自己仿佛是这木寨岭上一只孤寂的落雀。

好在大伙儿都很信任老赵这个主心骨,大家心往一处想,劲儿往一处使,愣是三年没回家过年,誓要将这木寨岭挖通,捍卫他们"第一开挖班"的荣誉,一想到这儿,老赵心里就不是滋味儿。

刚一进洞,他就看到一个满脸黑黢黢,可眼睛亮亮的小伙子推着胶轮车出来。"你这娃咋又光着膀子出来啦,外面这么冷,零下几十摄氏度,说了多少次怎么也要穿件衣服嘛,冻坏了生病可咋整。"

"知道了老班长。但是里面实在是太热了,就跟蒸桑拿一样,我就是穿了衣服也会湿透,一出来就成冰雕了,索性就不穿了,还省得麻烦。"

老赵看着这娃嘴里呼出的热气很快凝结成白霜,挂在他浓黑的眉毛和好几天没刮的络腮胡子上。

"你这娃,唉!"

深达 600 多米的隧道内,各种机器轰鸣,高峰时一个作业面共有 30 多台机器同时作业,散发出的热量不断累积,温度最高达 38 摄氏度,而洞外却是零下几十摄氏度的寒冬。从洞里到洞外,施工人员每天都要经历"寒冬"和"酷暑"两个温度迥异的"季节",有时候温差甚至高达六七十摄氏度,是名副其实的"冰火两重天",每天这样的来回无不考验着人的意志。但是没有更好的办法,斜井施工,装土方的机车进不去,只能用小胶轮车一趟一趟地推,将土方推到洞口开阔处的传送带上,然后由传送带传送到装载机车上拉出来。这段时间,他们已经来来回回运了上万方的土。哪怕寒风凛冽,哪怕他们觉得自己已然成了"行走的冰雕"。

在木寨岭,时间从低处到高处观望,这些收紧的灵魂,在寒冷中开开合合。老赵带着开挖班上下 60 多号人,想越过寒冬的另一端,用仅剩的温暖，寻找体内缓缓升起的明月。

木寨岭的冬天总是格外漫长。

回想起自己第一次在冰天雪地里下井的情景，肖朋还历历在目。

由于结冰，下井时根本站不住脚，必须要先拴一条绳子，像攀岩一样往下爬。一开始下井，肖朋总是腿发软，积雪仿佛要把他整个人陷进去，冰坡光滑陡立，一片雪花也许会顺着它滑进幽深的井底。我行的！他咬紧牙关，攒足劲儿，握紧绳子向下爬，一步、两步、三步……越来越近了，最后他终于稳稳地站在了井底。

肖朋在井下仰面往上看去，不禁倒吸了一口冷气，这个有轨斜井坡度有44度，达到了45度坡度极限，长度有800米，而此时的温度近零下30摄氏度。

在这样的温度下，1000多米的斜井几乎全部结冰，最厚可以达到60厘米，车辆上不来只能靠装载机牵引；运输矿车时常被冻住，铁质扶手一碰就有可能把手粘上；车辆的油管、玻璃时常被冻裂；为了保证各种机械设备正常运转，想尽各种办法给予降温，拌和站配备了发热系统，但管路还是经常被冻坏，搅拌罐需要穿厚厚的"棉衣"过冬，混凝土要用热水搅拌，还得及时使用，否则很快就成废料。

肖朋走在雪里，他觉得自己又闯过了一道苦关，坚持了下来，他握紧双拳，心里大声呼喊着："让风雪来，让风雪来，什么都不能把我打倒，什么都不能把这群在木寨岭下一起奋斗的可爱人儿打倒。木寨岭隧道会通的，快了，快了，冬天就快要过去了！"

07. 木寨岭模式

自2009年年初，拉开兰渝铁路木寨岭隧道建设帷幕，建设者们通过8年奋战打通了兰渝铁路的控制性工程——木寨岭隧道，攻克了被世界隧道行业认定为"世界难题"的极高地应力、软岩大变形科技难关，并一举拿下多项科技专利，登上了人类隧道建设史上最尖端的科技巅峰。

"千淘万漉虽辛苦，吹尽狂沙始到金。"在全体参建人员的共同努力下，工人们最终攻克了软岩大变形隧道施工的世界性难题，木寨岭隧道施工达到了预期效果。

最终，建设者们探索出了三层初支加单层衬砌的"木寨岭模式"，隧道平均厚度1.6米，是普通隧道厚度的2倍；贯通段达到5层，厚度达到2.1米，是普通隧道衬砌厚度的3倍。经过7年多艰苦努力，建设者们终于攻克了这一世界难题。

据粗略统计，木寨岭隧道开挖断面是普通隧道的3倍；用钢量是普通隧道的5倍，每米高达10吨，钢材强度达到极限。而隧道的形状也从最初的马蹄形变更为圆形，以便更好地受力，确保隧道结构安全。

据统计，建设者们开工以来组织召开专家论证会达89次之多，下发施工技术交底近6000份，这些资料足以堆满120平方米的三居室。

天刚蒙蒙亮，马老三就一骨碌爬了起来。

前年，马老三和村里五六家中药材运销大户成立了药材合作社，他算过一笔账，从公路物流到铁路物流，每公斤药材能节省5毛钱，一年下来能省几十万，这可不是一笔小数目。

他和几个老药农弟兄在村口碰头，一起早早来到车站的售票大厅窗口排队。

排队的人越来越多，他们等了许久，才买到票。

他好像并不激动似的，和几个老哥有说有笑，说要体验一下坐火车的感觉。他的左手插在口袋里，攥成一个拳头，拳头里是一张汗涔涔的车票。

"火车一响，黄金万两，咱的药材这就算是能赚钱咧！"

1

2

3

1 2016年7月18日，兰渝铁路木寨岭隧道贯通
2 全长19.068千米的兰渝铁路木寨岭隧道施工现场
3 2017年9月29日，首列客车驶过兰渝铁路木寨岭隧道

第六章 宽度

以人生宽度，探索大地深度，以隧道之名，追寻光的脚步。从隧道中来，到隧道中去，只为心中那团炽热的火焰。身居咫尺"豪宅"，徒步日行"万里"，他们凭着一股韧劲，硬是闯出了隧道人的一方天地。4.35米、6.40米、13.61米、15.80米、16.28米……中国盾构机从无到有，从有到优，中国隧道修建技术从原始落后到追赶潮流再到引领世界，他们是见证者，更是推动者。

在中国隧道人不断探索前进的伟大征途中，隧道人的眼界越来越广，隧道的应用领域越来越多，隧道内的空间也越来越大，隧道修建技术也是日益精湛，中铁隧道人凭着一种勇于跨越、追求卓越的执着，扛起开路先锋大旗于祖国大地，一点一滴绘就隧道传奇，一点一滴拓宽着隧道人的世界版图和精神领地，如星星之火，不断蔓延，生生不息。

01. 传承

1985年夏天,在四川省苍溪县的一个小院子里,一群人围在一起,开心地议论着什么。

"哇……哇……"一位年轻的接生婆抱着刚出生的婴儿从房间里走了出来。

"快看,出来了,出来了!"一个中年男子高兴得合不拢嘴,满眼都闪烁着慈祥的父爱。

他出生在四川省苍溪县的一个小镇,从生下来,就惹人怜爱。精致的五官,白净的皮肤,两颗大大的眼珠明亮有神,每个人见到他都忍不住要夸两句:"这娃娃真俊!"

抓周那天,街坊邻居们都来围观,虽然不算大户人家,但父母还是精心准备了一些物品,有算盘、《论语》、毛笔、玩具火车。娃娃眼神十分淡定,抓了那个小火车。

20年后,一个意气风发的少年,走出学校大门,身挎斜肩背包,走在了人生的岔路口。

他学的是机械一体化专业,对机械情有独钟。上学期间,他攒下零花钱购买了许多自己喜欢的机械类书籍,每天课后都会自己钻研。学习中他开始逐渐接触到盾构机、隧道掘进机这类庞然人物,并对它们产生了浓厚的兴趣。在图书室里,他会下意识地找一些工程建设类的书来看,但每次翻到那些修建成昆铁路隧道的历史资料时,他的心里都会隐隐作痛。

小时候,家里贫困,经常吃不饱饭。他就是在家门口上的小学和中学,从小他就很懂事,不调皮,甚至有些腼腆,经常放学就帮母亲做家务,有时候还会上山砍柴,下地拔草。家里养了几头小猪,哼哼唧唧的十分可爱,他喜欢拿割来的野草来喂给它们,他和这些小动物之间有一种天然的亲近。生活虽然不算富足,但一家人在一起,也其乐融融,他感到自己的童年简单幸福。母亲经常叮嘱他要好好学习,将来一定要到大城市去打拼,给家里人争口气。

当年，西南地区铁路网早就提上了规划日程，其中有一条线路就从他家门口穿过。他和小伙伴们放学后，经常三五成群地到附近的铁道旁玩耍。虽然大人们一再告诫，不要去，很危险，但小孩的天性就是叛逆，越是不让去就越要去，且天生的好奇心让他对铁轨发了疯似的着迷。每当看到火车驶过，他们就远远地躲在离铁轨四五米远的地方，眼巴巴地瞅着火车飞快离去。看着延伸至远方的铁轨，他经常会陷入沉思，火车从哪里来，又往哪里去，车上坐的都是些什么样的人，铁路是怎么修的，火车又是怎么从大山里穿过去的……这些奇奇怪怪的问题不停地在他脑海里闪现着。

"喂、喂、喂，别发呆啦，回家吃饭喽！"同行的小伙伴们沿着铁轨朝家的方向跑去，边跑边喊。

"晓得了。"回过神的他，迅速加入了回家小分队。

夕阳下，一群斑驳的身影在铁轨旁一跳一跳闪烁着。铁轨前方就是一座隧道，夕阳照射进去，一眼望不到头。

一次去外婆家，偶然听到外婆说起外公的故事，他才知道，外公也是打隧道的，当年是个隧道工人。修建的就是那条牺牲了很多人的隧道——成昆铁路沙木拉达隧道。

"外婆，既然修隧道这么苦，那外公为什么还要去呢？"他睁大了眼睛看向外婆。

"你外公呀，他那个倔脾气上来，十匹马都拉不回来。"外婆一边忙着手里的家务，一边略带生气地说道。

看着小外孙那意犹未尽的模样，她放下了手中的针线活，一把搂住他，脸紧紧贴着他的额头。

"说起你外公，他当年一直有个当兵的理想，可是家里就他一个男娃，我们都舍不得他去。"

"那后来呢？"他睁大了眼睛，眨了几下。

"后来有一天，一伙人来村子里征隧道工，刚开始，很多人都不愿意参与。后来，他们就一家一家动员，还没到我们家，你外公就冲了出去。"外婆有些动容地说道。

"'养兵千日用兵一时，国家有需要，我们就应该挺身而出，不能再婆婆妈妈考虑家长里短，有国才能有家，你们说对不对嘛。'这是你外公当年参与动员队伍时常常挂在嘴边的话。"外婆眼睛望着窗外的远山。

"在你外公的动员下，好几户邻居都跟着筑路大军，浩浩荡荡地奔赴'前线'去了。"

"外公太伟大了，将来等我长大了，我也要去修铁路，让家乡的人都富起来。"他紧握着自己的小拳头，一脸稚嫩地向外婆诉说着自己的远大志向。

夜色笼罩大地，外婆将小外孙哄睡后，陷入了沉思。当年，外公也像后来的他一样，二十几岁的年华，怀着一腔报国热血，为了响应国家建设大西南的号召，外公义无反顾地加入了建设成昆铁路的大军。走之前，谁都没想到，这竟是最后一面。那时候，国家长年积贫羸弱，偏远地区经济发展十分落后，一座大山就阻隔了人们的交流，生长于农村的外公深知这些情况，他想凭自己的努力做出一些改变，哪怕是微不足道的改变。

成昆铁路地质环境极为恶劣，被外国专家称作"铁路禁区"。在那个装备技术落后的年代，建设者只能凭借血肉之躯去挑战这项几乎不可能完成的任务。当时的大凉山区自然条件恶劣，有一次，工人们在高山上宿营，白天被一场突如其来的暴雨冲走了被子，夜里又被一场突降的大雪压垮了帐篷，工人们蜷曲的身子就像一座座雪丘，号角一吹，雪丘动了，雪地里齐刷刷地站起一排雪人。但是，并不是所有的雪丘都能变成雪人站起来。"我就曾见到两名工友变成雪丘卧在雪中，再也没能站起来。"一位老工人后来回忆道。

外公这一去，就再也没了音信。

1968年8月，噩耗传来，一场特大泥石流带走了87名成昆铁路先辈的生命，其中就包括他的外公。得知消息的那一刻，一家人悲痛欲绝。那一年，同行的工友带回了外公遗留的被褥和生活用品，还有一张外公的照片和一封未寄出的家书。没有人说得清外公牺牲在哪里，墓地又在哪里。

从此,一家人开始了长达几十年的寻亲之旅,为了让外公落叶归根、荣归故里,他们曾跑到外公当年修隧道的地方去寻找,奈何那时候的交通、通信都不发达,不同地区人们之间的沟通联络极为不便,那次找寻也就"无功而返"。

后来,在外婆的房间里,总是放着一个红色木箱,上面画着毛主席,下面写着"为人民服务"五个字。外婆说,那是外公唯一留下的东西。直至后来经历了几次房屋改造,即便已经搬进了三层小楼,那个木箱依然摆在外婆的床尾。

每次外婆讲起外公的故事,眼眶都会隐隐发红。关于这个男人,她有太多的话要说,可再也找不到倾听的人。

念想就像一粒种子,一旦播下,就会在潜移默化中悄然生长。对于外公的故事,他一直念念不忘,有种执念:他想去外公当年挖隧道的地方看看,甚至参与隧道建设,这也是为了完成外婆交给他的使命,替外公把"未打通"的隧道打通。

2017年清明节前夕,他有幸参加了公司组织的"重返沙木拉达"活动,祭奠前辈,缅怀先烈。从成都至喜德县不到500千米的路程,最快的火车都需要9个小时,与如今高铁纵横的时代相比,实在太慢。后来他才知道,这条成昆铁路的修建究竟经历了多么巨大的困难,凝结了多少前辈们的汗水和鲜血。

路上,他有一种强烈的预感。他倚窗而望,思绪如潮涌般在脑海翻滚,他不知道,这是他有生以来第一次距离外公这么近。下车后,他跟随大家的脚步步行来到了烈士陵园,那天天气阴沉沉的,抬头只见一座醒目的烈士纪念碑上几个大字,"为有牺牲多壮志,敢教日月换新天"。这是何等的豪迈和气魄啊!旁边,一座座烈士墓碑孤寂地矗立在那里,名字无人知晓,故事无人诉说。他走过每一块墓碑,向烈士们致敬,在倒数第三块墓碑前,他停了下来,伫立着呆望了许久,心扑通扑通直跳,墓碑上的名字他竟然似曾相识,他不敢相信这是真的。

"韩礼芳!"这不就是小时候妈妈一直嘱咐他要牢记的名字嘛。他赶紧拨通了妈妈的电话……

一家人闻讯而来。外婆在墓碑前长跪不起，她一遍又一遍地念着外公的名字，抚摸着那张泛黄的老旧照片，满脸都是泪水。

这半个世纪的牵挂终于有了着落。

这个外孙，就是母永奇——成昆铁路精神的接力者、隧三代里的年轻代表。

02. 历史

参加工作后，他默默地努力，从宁波、郑州、成都、广州再到深圳，他的成长可以用飞速来形容。他的工作和外公十分相似，却又大不相同。外公当年那种用钢钎大锤凿隧道的场景，他再没见到过；在没有方向盘的驾驶室里操控盾构机，外公也没有机会体验到。对于隧道人而言，隧道赋予了他们新的使命。新设备、新工艺、新工法，这一切，他都饶有兴趣，强烈的好奇心驱使着他不断探索。

在他所从事的隧道工程行业，一种新的开挖设备正在被广泛应用，今后也将和他产生不可分割的联系……

这种新的开挖设备就是盾构机，这一广泛应用于铁路、地铁、公路、市政、水电隧道的"世界工程机械之王"，正在被越来越多的人熟知。根据直径的不同，盾构机可以分为以下几类：直径 0.2~2 米，称为微型盾构机；直径 2~4.2 米，称为小型盾构机；直径 4.2~7 米，称为中型盾构机；直径 7~12 米，称为大型盾构机；直径 12 米以上，称为超大型盾构机。

从 1953 年开始，中国盾构技术的发展大致经过了三个阶段。

1953—2002 年，是中国盾构技术的探索期。在此期间，中国致力于"造中国人自己的盾构"。1953 年，辽宁阜新煤矿开发出手掘式盾构，书写了中国盾构从无到有的历史。

2003—2008 年，是中国盾构技术的创新期。这一时期，中国致力于

"造中国最好的盾构"。2000年,随着软硬不均地层隧道工程技术难题的攻克和技术创新的不断深入,中国隧道施工企业开始自主设计制造盾构机,拉开中国盾构产业化序幕。

2009—2019年,是中国盾构技术的跨越期。在此期间,中国致力于"造世界最好的盾构"。

中国的第一台盾构机脱胎于"863计划",当时,正值国外盾构技术封锁的关键时期,为了提高开挖效率,降低安全风险,国内隧道修建单位开始引入国外盾构机设备,这些"洋货"虽然在一定程度上加快了施工进度,但是动辄上亿元的购置费,天价维修费,让大多数施工企业负担不起。

当年在修建西康铁路秦岭隧道时,采用的是从德国进口的掘进机,在施工过程中,由于设备故障,现场面临长期停工的局面,因为是外来设备,限于当时国内的设备维修水平,这样的维修只能聘请厂商工程师前来操作。为了不耽误工期,我们高薪聘请了专门的维修工程师到国内来,计划在维修过程中一起学习请教。

但现实情况并不尽如人意,外国工程师到场后,态度十分强硬,维修过程不允许旁人观看。这让当时负责现场设备的机械工程师小李十分难堪,大家伙也都憋了一股气。"这种被动的局面必须要改变!"

在这样的背景下,没多久,隧道局做出了一个十分大胆的决定,组建盾构研发工厂。从各条战线抽调精通电气工程的优秀人才,在新乡某个设备制造基地进行长期攻关。

从无到有制造出自己的盾构机,在当时的条件下,无异于蜀道登山。而最艰难的就是开头的这一步。

当时,很多人极力反对,认为研发投入太大,周期太长,依当时的资金状况看,可以把这笔钱更好地投入施工中去。

但是,从长远来看,这件事利还是大于弊。如果不是当时有人力排众议,坚持把这个计划实施下去,后来的自主研发盾构机可能都将无从谈起。

2008年，正值全国人民喜迎奥运之时，国家"863"计划重点项目之一——我国首台自主研发的复合式盾构机于4月25日在河南新乡盾构产业化基地下线。这台盾构机采用"自主设计、自主研发、全球采购"的国际化运作模式，坚持"可靠、适用、经济、先进"的设计理念，实现了从盾构关键技术突破到整机制造的跨越，使我国盾构制造迈入国际行列，标志着中国制造正在不断向新的领域拓展。

03. 成长

中国盾构机的发展历史，母永奇在参加工作前都是做了了解的，他打心底里佩服当年做出这个决定的人。对于这个企业，他也打心底里充满了好感。

刚参加工作时，他只是一名普通的劳务工，没有名牌大学的光环，有的只是一股不服输的劲头和踏实肯干的态度。有好友劝他不要加入这个行业，对于年轻人来说，挖隧道太苦太累，况且还有很多别的选择。可是，他认准的事，就和外公当年执意参建沙木拉达隧道一样，十匹马也拉不回来。未来的事情太遥远，他想一步一个脚印从零开始，做出成绩证明给别人看。

他最早参加工作的地点是宁波，当时参加的是城市地铁的修建工作，接触的第一条隧道是宁波地铁1号线。他是在这里实现了驾驶人生中第一台盾构机的梦想。这么多年过去了，他依然清晰地记得当时刚到项目部报到时的场景。

"哎哎哎，大家都停一下啊。"现场副经理老何扯着大嗓门儿走向盾构机操作台，身后跟着5名统一着装的小伙子。

"我来给大家介绍下，这是公司今年给我们新分配的5名见习生。他们呢，都是刚毕业的大学生，学的呢，也都是工程机械专业，跟咱们可是十分对口啊。那个啥，今后大家都多多关照哈。"老何像是介绍自家孩子一样，一脸的自豪。

"老周,这个小陈同学就交给你了,给我好好带啊。"

"收到,何总,您就放心吧。"电气工程师老周乐呵呵地说道。

"老杨,你维保经验丰富,这个你来带。"

"没问题,保证完成任务!"维保班班长老杨信心满满地拍着胸脯。

"老李,这个小母同学啊,他……老李?老李。"

"来了来了,吼啥子嘛,没看搁这儿忙呢!"盾构机主司机老李猫着腰走出了主机室,紧皱的眉头好似被人讨债了一般。

"你说你,老师傅就是牛啊,叫了半天也不出来。快看看我给你带谁来了。"

盾构机主司机李志刚抬头看了一眼母永奇,上下打量了一番,憋了半天蹦出俩字:"来吧!"随后就转身又回主机室了。身后因惯性就要关上的屋门被一只手给挡了下来,漏出一道缝,透过缝隙可以隐约看到屋内他一人正拿着对讲机说着什么。

老何也有些无可奈何,看着大家哈哈一笑,他走到母永奇跟前,拍了拍他的肩膀,说道:"他就这样,脾气是怪了些,但人还是不错的。小伙子别在意啊,去吧。"

"初来乍到,第一次见师傅就这样,今后该如何相处啊。"母永奇暗自心想。他略带腼腆地答道:"嗯嗯,我没事,何总。"

原来,那天是因为盾构机掘进出了点问题,很不顺畅。老李一心惦记着主机室那些参数呢!

后来,母永奇从别人口中得知了老李的一些事情。老李家是东北的,参加工作已经20多年了,走南闯北参建过不少工程,为人豪爽大方,工作起来则斤斤计较,肯下功夫钻研。这么多年来,老李硬是凭着自己的努力,成为项目上盾构操作的大拿。或者说直白一些,没有他解决不了的难题。他对于新人管教非常严格,非常舍得传授真本事,但对于不求上进的,当然也毫不客气,轻则痛批一顿,重则直接断绝师徒关系。他经常对徒弟们说:"吃这碗饭,既要有一股子钻劲儿,还要有两把刷子。"他带出来的几个徒弟,目前都发展得非常不错,有些还走上了领导岗位。

俗话说,师傅领进门,修行在个人。对于师傅的这些教诲,母永奇默默记在心里。不达目的、誓不罢休,这也是他求学以来的原则和追求。他心里暗想:"绝不能给自己丢脸,要争口气!"

在老李的带领下,他开始慢慢接触盾构机。从零部件到操作室,一点一滴,事无巨细。

宁波地铁这台盾构机直径仅有6米左右,对于普通人来说,这已经是"巨无霸"了。初接触这个庞然大物,他的心里充满了好奇,以前只能在书本上见到的"豪车",一下子出现在了眼前,他满心欢喜,下定决心要把它钻研个透。

勤奋的他没让师傅失望,每天都是来得最早,走得最晚的那一个,遇到不懂的问题,总是追着师傅问个不停,直到彻底搞明白为止。师傅也是看在眼里,记在心里,觉得小伙子踏实、勤奋,是个可培养的好苗子。在母永奇身上,他隐隐约约看到了自己当年的影子。一对一辅导,手把手教学,师傅像个老师一样细心地关照着母永奇的成长。

一次,母永奇值夜班。交接班后,一切如往常一样正常运转,这天是他负责掘进。安静的驾驶室里,他和搭档全神贯注地盯着显示屏,手上同时在记录着一些数据。这已经不是他第一次值夜班了,所以没有了刚来的那种紧张感。连着操作一段时间后,稍微有些困意,他连着打了两个哈欠。最近他因为家里的事情一直有些失眠。

"奇哥,这会儿也没啥事,要是困了,你就先休息会儿,我来盯着。"比他小1岁的搭档陈小北说道。

他揉揉眼睛,站起来伸了个懒腰,说道:"没事小陈,我不困,就是感觉今天掘得太顺利了,没有前几天过高风险源时候的那种紧张感,一下子有些不适应。"

"这样,你先帮我盯会儿,我去洗把脸,去去就回。"母永奇推门走了出去。

三分钟刚过。

"奇哥，奇哥，赶紧回来！"正在洗脸的母永奇被对讲机里一阵急促的呼叫声给吓到了。

顾不上擦干脸，他转身就向主机室方向跑去。"来了，来了。"他边跑边朝对讲机应答着。

"怎么了，小陈？"母永奇气喘吁吁地推开主机室的门。

"奇哥，你看参数表。"小陈一脸惊慌地指着屏幕。

原来是盾构机螺机卡停了。他看了眼手表，现在是晚上 11 点，如果不尽快解决，今天的进度就会受影响。最近正是项目大干阶段，现场各项工期都排得很紧，衔接稍有不畅，就会影响整体进度。

"不能等，必须马上行动，找出问题所在，尽快解决。"母永奇在心里告诉自己。

小陈之前也从未遇到过这种情况，他急得像热锅上的蚂蚁一样，不停地在问："怎么办？怎么办？"

"别着急，按照师傅教的办法先进行逐项排查，会解决的。"他自信地拍着胸脯说。

母永奇对当前地层地质、刀盘运转、泥浆管路等情况逐项进行了排查，可一切都显示正常。这下他也有些摸不着头脑了。

"怎么办？怎么办？"这会儿他也有些焦急了。他在脑子里飞快地翻阅着师傅之前传授的经验。

10 分钟过去了。问题还是没有解决。"找师傅，可是都这个点了；不找，自己一时半会儿又解决不了。"此时此刻，他的内心纠结万分。"算了，也不是什么大问题，自己再琢磨琢磨说不定就出来了。"

"嘟嘟嘟……嘟嘟嘟……"主机室的座机这时候突然响了。

母永奇心里咯噔一下，这时候谁打电话来啊？"喂，你好，主机室。"

"小母啊，今天掘进怎么样？"电话那边传来了熟悉的声音。

"哦，师傅好。那个……今天前面挺顺的，只是，这会儿……"

"啥情况？说话怎么吞吞吐吐的？到底怎么了？"那边明显变了声调。

母永奇一五一十地把现场的情况给师傅透了个底。

"你小子，这也没多大事嘛！咋不吭声，万一小事变大事，出问题了怎么办？等着我下去收拾你。"老李好像生气了。

没过多久，师傅就火速"杀"到了主机室。老李二话不说，先是扫了一眼屏幕，然后对当天的掘进数据做了分析。他的脸色稍微有些凝重。

"你们过来，这个问题不算严重，可能之前没有给你们讲解到。这一点不怪你们。但是，你们发现问题，自己解决不了，还不及时上报，这一点我要批评你们。

"这个问题根源其实在于渣土改良。只要把渣土改良给调整好，问题自然就迎刃而解了。

"来……这个应该这样调，那个应该再调高一些……"就这样，师傅一整夜都待在主机室，指导他们如何进行改良。

那天的经历，母永奇终生难忘。对于师傅的教诲，传授的经验，他都认真记录在本子上，每天反复练习。最终他成了项目上所有主司机中渣土改良最好的那一个。而那些小本子，也随着他的不断学习，日复一日，年复一年，从最初的一页、两页、一本、两本变成了10多本，厚厚一摞近百万来字。密密麻麻的文字记录的是他的宝贵财富，见证的是他的点滴成长。

正是靠着这股向上的劲头和激情，他兢兢业业，刻苦奋进，得到了大家的认可。担任主司机以来，他几乎没有休过一天假，在他夜以继日的勤勉下，他对电器液压图纸做到了如指掌，对盾构机上千个零部件做到了如数家珍，凭着不懈的钻研和努力，他熟练掌握了"中国中铁"盾构机、德国的海瑞克盾构机、美国的罗宾斯盾构机、日本的小松盾构机等与之对应的操作方法，还多次被邀请去兄弟单位进行盾构机掘进指导、培训。

04. 荣誉

时光流转，母永奇开始向着更大的舞台迈进。2014年，他代表公司参加河南省职工技能竞赛盾构操作工比赛。初赛前，还有个小插曲。他因参加工作年限不足，在报名阶段差点被筛选掉。在大家的极力推荐下，加上他的优秀表现，最终破格参选。他知道这个机会不容易，所以异常珍惜，他也想通过这次比赛证明给别人看，优秀从来都是不分资历的。在赛前培训期间，他常常学习到晚上12点，将自己的工作笔记从前到后几乎翻了个遍。通过专业书籍、理论实操，把以前未掌握的知识反复学习，加深印象。赛场上，他自信从容，沉着应对，经过层层对决，成功入围决赛。

"师傅，我进决赛啦！"得知成绩的那一刻，他激动万分，第一时间拨通了师傅的电话。

"不错嘛，不愧是我的徒弟，加油！给自己争口气！"师傅鼓励他说。

最终，母永奇凭着自己的出色表现一举夺得冠军，并被河南省总工会授予河南省"五一劳动奖章"。这一年，他29岁，参加工作4年。他那白净的脸庞始终洋溢着自信的笑容。

好事成双，也是在2014年，郑州地铁2号线一期工程开工，他开始按照传帮带的传统带徒弟了。

"小母，这是今年新分配的大学生，从今天起，就把他交给你了，好好带哦。"项目书记带着一帮年轻小伙子，来到设备部办公室。这样的场景一下子把母永奇拉回到几年前。

"时间过得可真快啊！一切仿佛都在昨天。"他回想起往日种种。

2011年，参加工作第一年，他的儿子出生了。那天正值项目盾构掘进的关键时期，项目上有经验的盾构主司机不多，所以这个岗位人手十分紧缺。平时请假就十分困难。感受到大家为了工程进度拼命熬夜的干劲，他不忍心在这个时候提出请假的要求。就这样，儿子出生那天他缺席了。后来，很长一段时间，母永奇都为这件事情感到自责。那天下班后，他赶紧和妻子视频，迫不及待想要看看刚出生的儿子。

"老婆，你辛苦了！你知道，我这边走不开……"母永奇十分惭愧地说道。

"没关系，项目上忙你就先忙，家里的事不用操心，我会处理好的。"

还没等他说完，妻子忙打断他，说出了这样一番安慰人的话。

看着手机里平安幸福的一对母子，他的心里五味杂陈。很长一段时间，他总是失眠。可是他又不敢辜负师傅和公司领导对他寄予的厚望，只能拼了命地学习，让自己在岗位上闪闪发光。

他的进步有目共睹，他的"事业"蒸蒸日上。在他驾驶着盾构机接连贯通宁波地铁1号线、2号线以及郑州地铁2号线隧道后，有一次在和朋友的闲聊中，他无意间说道："外公的夙愿，我终于完成了！"大家都蒙了，心想这小伙子太累了。

这样的生活逐渐让他有了新的想法。每天面对的都是一样的盾构机设备，早出晚归，都是熟悉的主机室，上班时间全部用来面对一堆无聊的参数，时间久了，难免会有厌倦情绪。"工作的意义是什么，我的一辈子就要这样了吗？"夜深人静的时候，母永奇经常会这样问自己。再坚持一下，干完这个项目就转行了。但现实没有给他太多的选择。由于盾构项目越来越多，对于盾构主司机的需求也越来越旺盛。加上自己对这帮兄弟的特殊感情和对盾构机的恋恋不舍，他一直在全国各地辗转奔波。参加工作已经快5个年头了，他依然清晰地记得师傅说过的那句话："入了这一行，就是一辈子。"

参加工作头两年，地层条件相对还好，盾构机掘进也比较顺利，然而，"每条隧道都是不可复制的"，他也遇到过掘进路上的"拦路虎"。

他曾驾驶的"中铁28号"盾构机，在穿越杭甬铁路桥时遇到了脱落的钻杆。经地质专家探测，两根长达27米的钻杆正好挡在了盾构机施工的前方。面对这样的难题，刚刚接触盾构机的母永奇急成了热锅上的蚂蚁……

项目上还从来没有遇到过这样的问题。有专家提出采用沉井法，通过打竖井，挖通道取出钻杆；也有专家提出采用冻结法，通过开膛破肚明挖取出钻杆；还有专家提出带压进仓，进行切割取出钻杆。但种种方案，不是因为风险过高，就是因为成本过大，被一一否定。

正在大家一筹莫展之际，他通过查阅资料和咨询其他单位的专家，提出了"护筒开挖法"的思路,具体采用双套管全螺旋回转钻机,利用全回转设备产生的压力和扭矩,驱动钢套管转动,成功清理出钻杆。

2014年,在郑州地铁2号线施工过程中,他又经历了职业生涯中难忘的一幕。

在一次正常掘进中,他正指导徒弟操作盾构机,突然电话响起。

"小母,你赶紧到隔壁来一趟。"话筒里传来项目经理的声音。

"好的,经理,我这就过去。"给徒弟交代好工作后,他急忙出洞向左线隧道奔去。

到了主机室,看了参数,母永奇吓了一跳,脸都发白了。这是一台用于左线掘进的常规盾构机,类型和右线一样。

这是母永奇参加工作以来第一次遇到盾构机姿态不稳导致栽头的情况。虽然这种情况之前在书本上看到过,但是在实际操作中,他还没有真正遇到过。他清楚,如果不尽快将盾构姿态调整回来,盾构机只会越栽越深,后果将不堪设想。"这种情况下,肯定不能退缩,领导把自己叫过来也是对自己的信任。再说了现在情况紧急,来不及再请外援了。"他心里暗想。

"请领导放心,我全力以赴!"母永奇紧握拳头,立下生死状。

时间一分一秒过去了,在努力操作了几环后,盾构姿态并无好转,反而越来越严重。而领导一直就在旁边关切地看着,他的手心已经开始冒汗。

"不着急,永奇,大家都相信你。不要慌,稳住阵脚。"就在母永奇快要绝望,想要放弃的时候,项目经理和书记不住地给他加油鼓劲。

"放开手脚大胆操作,别担心,我们都在。"就这样,项目领导班子和他一起在主机室整整鏖战了两天两夜,最终,盾构机姿态有了抬头的趋势。

"好样儿的!"盾构机姿态调整过来后,大家都松了一口气,母永奇悬着的心也终于放松下来。几个大老爷们儿抱在一起,喜极而泣。

经历过几次大的考验之后,母永奇变得越发沉稳老练了。在工友们口中，他俨然成了盾构领域的"专家"。在郑州地铁 1 号线、2 号线施工项目中并肩作战过的工友刘毅用"钻"字评价他，说这是母永奇留给他最深的印象。"掘进工作要求的精确度是按毫米来算，盾构机在工作前姿态的调整，参数的摸索确定，都是母永奇一点点'钻'出来的。"

在担任郑州地铁 1 号线盾构主司机职务时，地铁 1 号线二期化工路站至铁炉站的盾构区间需要穿越危房建筑群、陇海铁路线、铁炉火车站和郑西客运专线高架桥等重大风险源，他提出采取连续掘进模式，减少盾构机过风险源期间的故障率；严格控制土压、注浆量和出渣量等各项参数。过风险源期间，他顶着各方压力，创造了 24 小时掘进 28 环的掘进纪录，区间全长 1600 米的隧道仅用时 80 天就全部完成。

"干一行，爱一行，钻一行，精一行。"他是这么说的，也是这么做的。

如今，回忆起第一次见盾构机的场景，母永奇仍然有些感慨。"第一次进隧道看到一台小松盾构机正在掘进，只看到掘出来的渣土在皮带机上输送，却看不到刀盘切削的状况，不知道刀盘前方是如何工作的，直到第二台盾构机进场组装，我才弄明白了刀盘的结构和工作原理。"这么多年过去了，他对于盾构机从陌生到熟知，再到陌生再到熟知，就像是一个从初识好友到成为至交的过程，美好而又难忘，他对于盾构机一直有着一种特殊的感情。

05. 出师

2016 年，凭着出色的盾构机驾驶经验，母永奇被选派到当时世界最大直径水下铁路盾构隧道——佛莞城际铁路狮子洋隧道任盾构主司机。

这是一条十分复杂的海底盾构隧道，隧道全长 6476 米，其中盾构隧道长 4900 米，采用一台直径为 13.61 米、具备常压换刀功能的超大直径盾构机，从广州市番禺区始发，下穿珠江狮子洋后，在东莞侧贯通出洞。盾构机总长 137 米，整机重量约 3500 吨，单件重量大，施工工艺复杂，精度要求高，加之狮子洋隧道地质复杂多变等，掘进难度大，施工风险高，对洋底盾构机姿态控制、安全掘进风险控制方面提出了很高要求。

首次接触大盾构，母永奇心里也没谱。他自认为对常规盾构已经很熟悉了，且都是机、电、液、信息技术、人工智能一体化设备，原理应该也差不多，可真正上手之后，发现差别还真不是一点半点。这就好比让一个开了多年汽车的老司机，突然驾驶大货车一样，一时间让人抓狂。行内人都知道，这个难度系数其实是呈指数级上升的。和常规小盾构相比，大直径盾构泥水循环操作复杂，需要单独操作，且大直径盾构姿态控制难度较大，除了正常的掘进参数外，还需要关注盾构刀具运转参数，对主司机的综合能力水平要求更高。因为大直径盾构机有上百个数据按钮，面前屏幕的参数来回变动，需要时刻不停地关注着屏幕上的变化，出现异常要及时查找出问题，迅速排除掉。这感觉就像时刻在拆除"定时炸弹"一样，紧绷的神经一刻都不能松懈。

刚开始的半个月，他几乎吃住在盾构机主机室里，天不亮就下井，步行几百米，来到盾构机驾驶室。晚上，等下一班人来交接后再出洞。用披星戴月来形容他的工作再合适不过了。

这个驾驶室又叫主机室，空间大小和教室里的一排三人课桌差不多。熟悉的按钮，熟悉的屏幕，只是比往常多了许多陌生的参数。他们的工作就是盯着屏幕上的掘进参数，通过操作摇杆及一些特定功能的按钮，确保盾构机沿着既定路线安全掘进。

由于对设备的陌生，他对于交接工作这块十分重视。当班所有问题都会事无巨细地给接班的同事交代清楚，有时甚至还要故意多留一段时间，共同把可能出现的问题梳理清楚，直至对方彻底搞明白才离开。他的这种敬业精神和负责态度，让同事们都钦佩不已，他自己也在这个过程中得到了快速的提升。

当时，佛莞城际狮子洋隧道正被作为一个标杆工程进行打造，项目上的各项建设都以十分高的标准进行规划实施，大盾构人才培养基地的使命也落在了母永奇肩上。公司也以他的名字在项目成立了"技能大师工作室",作为技术人员开展科研交流的平台。

他还是当年那个初生牛犊不怕虎的小伙子,干起工作来颇有一股"拼命三郎"的劲头,这点大家都看在眼里。他经常就盾构机掘进问题,约三五好友下班后进行探讨。每天的这段讨论时间,成了他们最难忘的时刻。短短半年时间,母永奇工作室 QC 小组初见成效,其研究成果"提高管片防水材料粘贴一次合格率",荣获"2017 年全国工程建设质量管理小组活动优秀成果"及"2017 年河南省工程建设 QC 小组活动成果"一等奖。也是在这一年,他由劳务工正式转为合同工。身份的转变,意味着今后的发展路径将更加广阔,这也促使他更加重视自身肩上的责任和使命。

借助工作室,母永奇开始接收新的徒弟了,每年新分配的见习生也都愿意跟着这位优秀的老师学习。他谨记当年师傅对自己的教诲,毫不吝啬地把自己毕生所学传授给徒弟,并手把手传授大盾构机操作技巧。在他的悉心栽培下,一批批盾构主司机快速成长起来,有的甚至走上了更重要的岗位。企业大盾构人才梯队建设在他这儿,有了新的进展。他一共带过 6 个徒弟,让他最得意的是董俊强。

和他一样,董俊强也是从劳务工开始做起,踏实肯干,务实好学。在母永奇的带领下,他从一名普通的见习生到值班工程师,再到一名优秀的盾构主司机。2018 年,他代表公司参加河南省职工技能竞赛盾构操作工比赛,荣获第二名。一路成长而来,他都不敢相信,自己从一名劳务工成长为一名合同工,目前他正在成都某个地铁项目从事盾构掘进工作。

看着自己的徒弟一个个出师,母永奇的心里很是欣喜。而谈起母永奇,同事刘奕超这样评价:"我们公司和小母同一批的主司机当时总共培养了十来个人,但只有小母坚持到了最后,因为这个工作实在是太辛苦了。小母这个人做一件事能坚持到底,做一件事能把它做到极致。所以,现在很多同事有什么问题都问小母,他也就成了我们眼中的'教授'。"

母永奇对这个称谓倒是不认可,他常和大家打趣道:"我觉得我还称不上教授。我的经验也都是从工作中积累而来,只是把这些分享给他们而已。"

06. 征程

2019年，国内在建最大直径盾构隧道——深圳春风隧道向母永奇"招手"了。春风隧道是深圳市"东进战略"重大交通项目之一，也是深圳市首条采用盾构法施工的市政公路隧道。这次，是个直径达15.8米级别的超级巨无霸。和"狮子洋号"盾构机不同，来之前，他已经早有耳闻，"春风号"盾构机是中国自主研制最大直径泥水平衡盾构机（2018年9月下线时）。经历了"狮子洋号"的历练，这次，他信心十足，充满干劲。"春风号"盾构机总长135米、开挖直径15.8米，总重量达到4800多吨。"春风号"总功率超过1.15万千瓦，比"复兴号"高铁的总牵引动力高10%；推力高达2.46万吨，是我国最大运载火箭"长征五号"的24倍左右。

面对这样一台创造多项纪录的"巨无霸"，他有信心和团队一起，把它驾驶得更稳、更好。

"巨无霸"进场之前，经历了诸多波折。

由于春风隧道施工场地狭窄，两侧是城市主干道，受交通管制影响，作业时间十分有限，盾构机运输涉及交通占道、高风险吊装作业等一系列问题。如何安全高效地转运庞大、沉重的盾构机刀盘，花费了项目部人员巨大的心血。在此之前，项目部已经多次联合设备厂商召开运输方案讨论会。12日夜间，在交警部门的支持下，项目部临时拆开场地围栏，运输车辆才得以进入场地。经过3个小时的忙碌，两块刀盘平安吊装落地。

2019年春节，组装完成的650吨龙门吊，在深圳滨河大道上显得格外耀眼。它将用于"春风号"超大直径盾构的组装、调试。此次组装的650吨门式起重机主要结构，包括双箱梁结构主梁、支腿、端横梁、起重小车、大车行车机构、控制系统等，采用3台汽车吊协同作业，最大安装高度达到33.4米，相当于一座10层的楼房。从前期策划到运输进场，历时近两个月，在春节阖家团圆、共聚天伦之际，200多名建设者们仍在起早贪黑、加班加点，用时11天就完成了650吨龙门吊结构件的安装。

2019年8月16日，在各大媒体见证下，"春风号"盾构机正式始发。

143米、152米，在项目的攻坚下，"春风号"盾构机不断创下新的月进尺纪录。

看着这些成绩，母永奇嘴角微微上扬，他知道，更大的挑战还在后面。

深圳不同于其他城市，在这么繁忙的交通要道下修建隧道，容不得有半点闪失。

"哎，母总，听说最近又出专利了？"

"是啊，之前工作室的研究成果实践运用后，咱们的盾构掘进效率明显提升了，我们就趁热打铁把这项技术给申报了。"母永奇盯着手里的数据表，自信地笑道。

"还是你们这些搞技术的牛啊。"

"哪里哪里，术业有专攻嘛，我还羡慕你们这些搞宣传工作的呢。"

虽然母永奇嘴上这样说，但大家心里都是知道的，自从他来了之后，项目的盾构机掘进效率是越来越高了，这和他带领下的工作室同志们的努力是分不开的。

随着国家经济的发展，交通基础设施建设规划每年都在大量增长，高铁隧道建设也迎来了新的发展机遇。作为隧道工人的母永奇，没有忘记自己身上肩负的使命。唯有不忘初心，方能行稳致远。在大盾构隧道施工的舞台上，母永奇用自己的不懈奋斗书写了年轻一代的奋斗传奇。如今，他已经是享受国务院特殊津贴的一员，斩获"全国五一劳动奖章""全国青年岗位能手"等多项国家级荣誉。谁也想不到，当年这个无名的小伙子，日后竟然成为大国工匠。

飞天有神舟，潜海有蛟龙，追风有高铁，入地有盾构。时代在发展，社会在进步。大国重器，民族自豪。中国盾构产业在勤劳的中国人手中，从无到有、从有到优，一步步发展壮大，从国外引进、联合施工，到联合研制、自主施工，再到自主研制、走出国门，无数工程人用艰辛的汗水换来了行业认可，中国品牌源源不断地走向国际市场，中国技术正在引领全球盾构施工技术变革。

如今,在深圳南山区,一项总投资约95亿元的望海路快速化改造工程已经开建,一台直径16.28米的国内最大直径盾构机正蓄势待发。站在深圳前海湾码头,母永奇感慨万千。"10年,20千米,6米级至15米级……"回想起自己的工作经历,他竟有些动容,"究竟是什么支撑我走到了现在?家庭、事业?应该都不是最主要的,最核心的应该是小时候从外婆那里听到的外公的故事,从建设时期的'为有牺牲多壮志,敢教日月换新天'到运营初期的'治山斗水保畅通,团结务实创一流',再到新时代的'坚守实干,创新争先',外公那一辈隧道人身上体现出的成昆精神代代传承、与时俱进,成为无数隧道人的价值追求和信仰!"

1

2

3

1 2019年8月13日,深圳春风隧道"春风号"盾构机始发

2 深圳春风隧道效果图

3 直径16.28米的深圳望海路快速化改造工程是中国在建最大直径盾构隧道

第七章 精度

沉管法是在水底建设隧道的一种施工方法,是将若干个预制管节分别浮运到河面(海面),并一个接一个地沉放安装在已疏浚好的基槽内,以此方法修建水下隧道。

作为长江的重要支流,连接赣江两岸的桥梁隧道数量虽然达到数十座,却始终是沉管法的禁区。2016年,随着南昌红谷隧道最后一节沉管的成功浮运,建设者在赣江掀开了建设沉管隧道的新篇章,也刷新了我国内河沉管隧道最大的纪录。

01. 恰似赣江的温柔

8月初的赣江河畔,晚霞流光溢彩,远天之际的连片云朵被灼烧成不同程度渐变的红色,波光粼粼的水面倒映着高耸的建筑物和火红的霞光,微风吹淡了空气中潮湿的味道。一颗鹅卵石跌入清澈的江水中,激起层层的涟漪,在王慧晨水中的倒影上荡漾开来。

"今天约你来，是想告诉你，我爸不同意咱们交往。"王慧晨嘴唇翕动，声音几乎微不可闻，渐渐将眺望对岸的目光移动到李竞宇被阳光晒得黝黑的脸上，"你也别担心，我爸干了一辈子隧道工，知道这行的艰辛，所以才有这种想法。"

听完王慧晨的一番话，李竞宇又俯身拾起一颗鹅卵石使劲儿投到江水中。李竞宇离开大学校门一年了，初入社会，顺利进入一家央企，在南昌赣江修建国内规模最大、最长的过江沉管隧道工程——红谷隧道。在一次联谊活动中，和同单位的地铁项目的王慧晨相识，王慧晨的善良、纯粹、热心和端庄的外表深深地打动了李竞宇。

工作和上学完全是两个概念。工作之后的李竞宇更加努力，将自己大学学习的理论知识和工程技术实践相互印证、提高，每天都到施工现场，经常周末加班学习。最开心的时刻，就是每次完成工作的间隙和王慧晨在赣江水畔散步聊天。但是王慧晨今天一反常态地闷闷不乐。听完王慧晨的解释后，李竞宇表面没有一丝变化，内心却很挣扎。他出身寒门，尤其是工作之后，更是接受了自己只是芸芸众生中平凡一员的设定。在成长过程中，受父母淳朴善良品质的感染浸润，他身上逐渐拥有了积极上进、简单朴素的乡土品质。

"我会更加努力，干工程有干工程的乐趣和情怀，我现在非常喜欢战胜技术难题的那种成就感，我会用行动获得你爸的认可。"沉默了足足两三分钟，望着江面荡漾的微红色和淡墨色驳杂的水波一圈圈扩大，李竞宇坚定地说，"我们都刚工作不久，未来还有很长的路要走，还有很多的坎坷要一起度过，工程单位的工作虽然辛苦，但是有付出才有收获，在这人才竞争激烈的年代，任何工作都需要奋斗拼搏。我的老师是红谷隧道项目的技术负责人，他常常对我说：'这个单位更适合肯吃苦、愿意努力的奋斗者，它完全可以改变我们的命运。'"

王慧晨听完之后渐渐释然了，再一次被李竞宇的认真和上进心深深打动。

夜幕渐深，路灯齐刷刷地亮了起来，乳白的光晕驱逐了周围的黑暗。

听着随风层层浸漫岸堤的江水声，李竞宇和王慧晨继续在江畔行走，尽情感受这座现代花园城市夜晚独有的魅力，两颗年轻的心的跳动和这座奋斗的城市紧紧连在了一起。

"明天是最后一节沉管浮运沉放，一共12根沉管。从2015年的6月开始将第一节沉管浮运沉放到赣江，到今天，2016年8月11日，这一年多来，做了很多次专家论证，大家都为科技攻关加班加点，付出了很多心血。李竞宇去年刚毕业，经历了沉管施工，进步也很快。"红谷隧道技术负责人张志成认真给项目技术干部讲解明天的工作任务，对自己的徒弟李竞宇，常常在不同场合不吝夸奖。

得到表扬后，李竞宇又一次觉得自己的努力和价值获得了领导的认可。对于自己的老师，李竞宇由衷敬佩，他不但技术实力扎实全面，而且工作作风务实，常常结合现场施工的细节教授自己技术理论知识。李竞宇想起了去年刚来上班的第一天，7月14日，项目技术负责人也就是自己的老师，亲自带自己到第一节沉管的内部观察学习。隧道施工的入口处是一座铁架子步梯，李竞宇跟随张志成步行进入第一节沉管的内部。

由于沉管内部能见度非常低，眼前是黑黢黢的一片，只有打着手电筒照明，才能看清楚。

张志成停顿下来。"现在咱们在赣江靠西岸水下21米的深处，感觉怎么样？"

"感觉十分闷热，也很潮湿。"李竞宇回答。

由于处在没有通风系统的地下环境，沉管内部仿佛一个大蒸笼。一层细密的汗珠从李竞宇的脸庞渗出，他一边抬起手臂擦汗，一边认真聆听老师的讲解。

张志成如数家珍地介绍："眼前的这节沉管，由钢筋混凝土制作而成，长115米、宽30米、高8.3米，厚度为1~1.2米，它的重量达到了约2.8万吨，相当于一艘小型航母。"

李竞宇认真打量着赣江河床静静沉放着的沉管，心里满是好奇和疑惑。

在老师 10 多分钟的耐心讲述中，李竞宇了解到，红谷隧道主线全长 2650 米，其中过江沉管段长 1329 米，采用沉管法（在水底建设隧道的一种施工方法）施工，需要将 12 节沉管在水下对接，重达 2.8 万吨的庞然大物在江底合在一起，并要做到两边横向偏差、纵向偏差、轴线偏差控制在 3.5 厘米之内，需要极高的精准度。李竞宇顿时对整个工程有了大致轮廓的认识，惊叹施工方法的难度和神奇，而这些自己在课本上从未学到过。李竞宇跟随老师走出隧道，看到老师后背的衣服被汗水浸湿了一大片，刹那间，心底涌起了一种难以名状的感动。

在李竞宇以后漫长的工作历程当中，每当回忆起第一天上班的感受，特别是老师身体力行带自己到现场观察学习，讲授工程要点，李竞宇面对困难时就又多了一份精神支撑。原来那种工作态度和工作方法从自己第一天上班就慢慢感染了自己，化作一种养料，激励他不断前行。

8 月 12 日早上 6 点，天刚刚擦亮。红谷隧道技术负责人张志成带领技术团队，登上了工程拖轮船。首先抵达干坞。沉管是在赣江旁边没有水的干坞里面，由钢筋和混凝土制作而成的。沉管内部设置可容纳 2.8 万吨水的空水箱，空水箱占据了沉管内部 3/4 的体积。干坞放水之后，由于管舱自身的浮力作用，沉管浮在水中，然后由拖轮船牵引而出。

7 点许，沉管前后各有两艘拖轮船，两侧各一艘拖轮船，6 艘 HP4000 大马力全回转拖轮船像披甲斗士，围绕沉管有序排列，8.3 米高的沉管管体在水面以下，只有沉管的顶部表面裸露在江面上，清晰可见。拖轮船笛声嘹亮高昂、振奋人心，牵引着最后一节沉管在水流湍急的江面上平稳前行，劈开两侧的波浪，依次通过胜利大桥、朝阳大桥。

"张总，马上就要通过南昌大桥了，我们的目的地也更近了。"李竞宇看着注视前方的张志成，急切而尊敬地说。

张志成静默下来，抑制内心的激动之情，"我来这个项目两年多了，终于要看到最后一节沉管沉放了。"张志成顿了顿，继续说，"南昌大桥桥跨窄，桥墩之间的距离仅 68 米，沉管通过时风险较高，咱们之前对两个桥墩已经做好了特殊的防护,要注意再提醒一下拖轮船舵手,掌握好行进轨迹,防止发生碰撞。"

"张总,我马上去。"李竞宇大步走向舵手,展开随身携带的路线图,再一次提醒舵手前方穿越南昌大桥的具体位置。

临近南昌大桥300米左右,5艘拖轮船行驶速度由30米每分钟减缓至12米每分钟。前方和两侧拖轮船进行定位,确保沉管和船体保持在两个桥墩的中心位置,两侧留有距离,然后缓缓通过。桥梁的影子缓缓映过拖轮船,映过李竞宇一行认真观察距离的脸庞,长115米的沉管成功穿越了南昌大桥。

经过5个小时小心翼翼地持续行进,8.65千米长距离航道浮运,大家齐心协力精准控制沉管的浮运姿态。

中午12点,沉管终于抵达回旋区,在回旋区完成沉管掉头摆正。

"李竞宇,你们几个时刻观察沉管上安装的GPS定位设置,我来对接舵手,逐渐调整沉管位置。"张志成有条不紊地安排分工。李竞宇目不转睛地盯着GPS定位数据,逐渐调整,将沉管管体对准江底开挖好的宽35米的U形基槽。张志成带领管理团队,反复核实沉管和江底U形基槽的定位,确认无误后,张志成通知开展下一项作业流程:在沉管内的加载水箱逐渐加水增加重量,使之逐渐下沉。随着水箱内水量不断增多,沉管下沉的速度也越来越快。下沉过程中,李竞宇等人通过GPS定位保障沉管在基槽内下沉,并随时按照需要进行调整,确保沉管沉放横向偏差、纵向偏差、轴线偏差控制在3.5厘米之内。

最后一节沉管终于准确无误地沉放到U形基槽,李竞宇顿时松了一大口气。在13.5米深的赣江完成这项壮举,他们踌躇满志,等待了好久,终于在这一刻成为现实。大概到明年年初,整个隧道就贯通了,明年六七月份,红谷隧道将会通车,想到这里,李竞宇激动不已。

沉管下沉到管底标高后,通过拉合千斤顶对管节进行拉合。

两个多月没有休假,多少次挑灯夜战,多少次思索推测,多少次茅塞顿开,李竞宇终于在今天见证了全部12节沉管在江底完美沉放对接。熙熙攘攘的商船客船在江面行驶，不知不觉中两岸观看施工过程的大量游客渐渐散去。12 节，共 1329 米长的江底沉管宛如卧龙，在赣江之下岿然不动，好像原来就存在一样，夺天地造化之功。

02. 从南昌到北京的距离

清晨，李竞宇早早吃过饭，开始撰写 3 天前最后一节沉管浮运和沉放的工作总结。工整的字体在笔记本上一行一行呈现："本次施工的一大难点是精度控制，在 8.65 千米的浮运工程中，要多次穿越桥梁，严格控制管节浮运姿态，更难的是要精准控制沉管在高水位落差下沉放定位、压载下沉和接头水密性。"

工作一年有余了，李竞宇依然不喜欢用电脑写总结，特别喜欢手写在本子上，如有需要，再打字到电脑上。握着笔在纸上写字，心里更加踏实，也更有灵感。

"竞宇，来一下我的办公室。"

听到老师张志成叫自己，李竞宇连忙快步走到了老师的办公室。

"最后一节沉管施工完成了，记得写一份工作总结，多考虑一下施工过程中哪些问题是事先没想到的，还有就是重难点问题是怎么样解决的。"

"张总，总结我已经在写了，特别写了精度控制方面，感觉这个方面我们有很多成功的经验。"李竞宇恭敬地回答。

张志成点了点头，脸上浮现出和煦的笑容。"还有一个好消息告诉你，你获得了公司'年度先进个人'荣誉，恭喜你，希望你继续努力，每一份付出都会有所收获，沉下心来，积极主动工作，相信你能做得更好。"

"谢谢张总，以后我会更加努力的。"突如其来的荣誉和夸奖，让刚工作一年的李竞宇有点不知所措。

"对了，你和你对象处得怎么样了，最近大家都很辛苦，明天周六了，可以去找对象，多一些陪伴，女孩子嘛，需要多用心。"张志成俨然是用过来人的口吻,教导李竞宇协调好工作和生活的关系,在工作繁忙之际,也不能忽略亲情和爱情。

师徒二人在办公室谈话十几分钟,甚是愉快。

写完工作总结后,已经临近傍晚了。李竞宇整理好办公桌上前几天顾不得收拾的图纸,将各种资料分门别类地整齐摆放。吃过晚饭之后,李竞宇安静地坐下来背靠在椅子上。工作一年来,他感觉自己明显和学生时代不一样了,工作中更需要执行力,需要和团队积极配合,才能创造国内首次在江河中游修建最长沉管隧道等12项世界之最的纪录,这是多么宝贵的工作经历啊。李竞宇浮想联翩,就和往常一样给对象王慧晨打了一通电话,彼此分享着进步,倾诉工作和生活的点滴,约定明天见面。

今天的天空格外安静,一簇簇庞大的洁白的云朵在淡蓝色的天幕之下,越发呈现出纯粹的白色。深绿色的草坪尽头杂乱生长着葳蕤野草,两三只棕灰色的珠颈斑鸠顾盼嬉戏。李竞宇和王慧晨坐在长条椅子上相视而笑。几天不见面,李竞宇又被晒黑了几分。

"这个新产业园区建设得真好,工商业合理布局,新城区的建设越来越繁华了。"王慧晨一路走来看着眼前的景象,情不自禁地说道。

"是啊,真期待明年红谷隧道通车的那一天,3分钟快速过江,两岸新老城区的交通会更加便利,会带动新老城区互融发展。通车之后一定要坐车体验一下咱们自己建设的隧道。"李竞宇满怀期待,眼神之中多了一丝明亮的色彩。

王慧晨比李竞宇早参加工作一年,一直在地铁项目做一些文职宣传工作,她热爱摄影、写作,敏感而热情。工作两年之后,对所在的地铁项目眷恋不已。但是工程单位就是这样,作为一家大型施工央企,工程项目遍布全国各地,人员流动频繁,公司在考虑用人实际需要的同时,尽量考虑了地缘关系、工作经验等综合因素。南昌的地铁项目工作逐渐收尾了,公司通知王慧晨下周到北京的望京隧道项目报到,这个高铁隧道项目是公司的重点项目,宣传工作非常重要,急需王慧晨加入。

王慧晨起初有些迟疑，她不想离开南昌，因为这两年来，工作和生活都在南昌地铁项目，有很多珍贵的记忆，也遇到了自己的另一半，不想异地恋。但她更知道，两个人不可能一直待在同一个城市，分离早晚要发生，红谷隧道的主体工程很快就完成了，短暂的离别也许会发生更加美好的重逢。

"我下周要调走了，去京沈客专望京隧道项目，在北京。"思考了很久，王慧晨还是勇敢地把自己人事调动的事情说了出来，眼底却几乎要泛出泪花。

李竞宇愣住了，没想到王慧晨突然要调走，虽然之前也考虑过两个人可能会异地，但是没想到这一天来得这么快。事急从权，关心则乱，李竞宇苦笑着说："你太优秀了，都要去首都工作了，咱们不会分开太久的，等红谷隧道基本完工的时候，我就申请调到你老爸那边，咱们一起用行动说服他。异地不可怕，好事多磨，只要两个人相互理解，遇事多沟通。等你到北京了，一定要多写新闻稿件，我每篇都会看的。"

李竞宇展现出了一个男孩步入社会，经过工作的锻炼，逐渐走向成熟稳重的变化。即将离别之际，李竞宇用幽默的口吻表达自己内心深处对这份感情的珍惜和依恋，既宽慰对方，又以此慰藉自己，更相信他们之间真挚的感情可以经得起距离和时间的考验。

4天后，南昌高铁站，李竞宇目送王慧晨拉着箱子走进了车站，列车疾驰奔赴1400多千米之外的首都北京，两个人从此开始了新的相处模式。

多年之后的某一天，李竞宇想起两个人第一次分离的场景，当时两个人坚定、信任和不舍的情绪，是未来深厚感情基础重要的组成部分，更是一生中弥足珍贵的回忆。

2017年1月9日，李竞宇和王慧晨分别，已经过去了5个月，两个人都在自己的岗位上努力战斗，攻克不同的难题。今天是李竞宇工作之后最兴奋的一天，10年论证，3年多建设，太多的人为红谷隧道的贯通呕心沥血，建设过程中攻克了12节管段沉放对接轴线精度、时隔半年沉放管段的接头差异沉降等诸多重大挑战，今天南昌红谷隧道顺利贯通了，填补了世界在江河中游建造沉管隧道的空白，李竞宇为自己一年多以来参与建设感到由衷自豪。

3月底，经过向领导申请，李竞宇得到了肯定的答复，完成红谷隧道项目的工作交接，站好最后一班岗，尽快出发去北京望京隧道工作。李竞宇激动万分，和王慧晨分别的大半年以来，李竞宇一直密切关注着王慧晨在北京望京隧道的工作生活动态，向往到拥有10.9米大直径巨型盾构机施工的望京隧道项目工作。

"时间过得好快，转眼你已经工作快两年了，变化挺大，已经慢慢褪去了大学时代的青涩和棱角。你明天就要出发去北京了，今天的晚宴为你饯行。"李竞宇的老师张志成看着自己带出来的技术团队欢聚一堂，为李竞宇送行，心中的成就感油然而生。

"谢谢老师，红谷隧道项目是我工作的第一个项目，在这里我学会了很多知识，更有幸遇到良师益友，和大家一起工作生活，一起迎接挑战，攻克难题，收获了很多。"李竞宇在一年多的工作中，快速转变角色，积极融入管理团队，以行动认可"家文化"，在集体里发挥青年力量。

张志成认可地微笑起来，教学相长，自古使然。他仿佛看到了自己当年刚参加工作时懵懂和腼腆的样子。"望京隧道是全线控制性工程，10.9米的盾构机是国内自主设计制造的大直径复合式泥水盾构，在前段时间被团中央授牌命名为'共青团号'。这个月盾构已经始发了，调你过去主要是从事盾构掘进技术方面的工作。"张志成郑重其事地说，"盾构要下穿机场高速、机场快轨、民房区等特级风险，因此对盾构机掘进的精度和沉降控制要求异常严格。同样是精度控制，你可以将望京隧道和红谷隧道对比起来研究，看看在水下和地下不同领域施工，精度控制的不同技术要点。"

李竞宇认真聆听老师的教诲，工程技术学习就是要精益求精，在实践中追求更加精准的控制，从而达到预期目的，最终攻克难关、破茧成蝶，铸就精品工程。

觥筹交错，谈笑风生，谆谆教诲在耳，一群新生的工程技术人员，在凤凰花开的路口，不诉离愁，共同期待未来。

第二天，李竞宇踏上了前往北京的高铁。大半年前他送别王慧晨，今天又被同事送别。在开往北京的高铁上，李竞宇回忆着自己大学毕业之后的时光，他带着一颗真诚、奋斗的心加入工程建设事业当中，以崭新的面孔和身份加入团队，施展才华，渴望用自己的努力改变人生，一直保持着年轻的锐气和坚韧的决心。盘点着工作以来的收获和不足，李竞宇用心总结过去，也回顾着和王慧晨相遇、相伴的每一个瞬间，想到即将再次并肩战斗，心中自然多了一种别样的期待。去了解世界，才会使自己的世界更加丰盈。

03. 望京地下的守候

抵达北京后，李竞宇终于再次见到王慧晨。大半年的分离，使这次重逢宛若他乡遇故人，两个人反倒因为短暂的离别学会了倍加珍惜，真实感受到步入社会的感情和大学阶段感情的差异，现在的感情更需要融入现实生活，要考虑两个人背后的家庭。

李竞宇到望京隧道项目部报到后，简单整理了行李，和王慧晨一起去施工现场察看学习。之前从未接触盾构的李竞宇和王慧晨一起来到盾构始发竖井，通过折行步梯，向下走。

"这个是始发竖井，盾构机就是从竖井吊装下去的，然后拼装组合。"王慧晨介绍说。一圈，两圈，三圈……随着阶梯的旋进，慢慢到达了竖井底部，第一次身处 24 米深的竖井内，李竞宇抬头看见了湛蓝的天空，自己仿佛变成了观天的"井底之蛙"。

"盾构机是隧道掘进的一种专用工程机械，现在地铁施工普遍运用盾构机，咱们这个项目是北京至哈尔滨高速铁路客运专线的控制性工程，盾构机开挖直径 10.87 米，盾构机全长 87 米，总重 1500 吨，装备总功率 5267 千瓦，仅盾构机刀盘就配备安装了中心鱼尾刀、焊接贝壳刀、更换贝壳刀等各类刀具 352 把，推进系统由共计 50 个油缸协同完成，堪称国内同类盾构机'巨无霸'。"王慧晨自豪地科普起来,她在望京隧道的工作中,经常参与迎检,有时候作为讲解员为大家介绍工程建设概况,虽然不是工程类专业,但是对工程已经有了整体的了解。越是深入了解,王慧晨就对盾构施工越感兴趣。

他们看着由9片圆弧形混凝土管片拼装而成一环的隧道,直径约11米,感受到现代化机械设备的精美杰作。隧道内十分阴凉,逐渐接近盾构机时,温度明显上升,映入眼帘的是一台三层楼高的巨型设备,上方悬挂着"共青团号"标识,作业时发出轰鸣的声响。盾构上的司机为李竞宇介绍了盾构机各部分的功能和盾构详细的施工作业流程。李竞宇对盾构机产生了浓厚的兴趣,好奇心和好胜心驱使李竞宇产生了一种驾驭盾构机的梦想。

在后来的3个月内,李竞宇从盾构设备维修着手,自己购买理论书籍,潜心学习设备理论知识,主动申请到现场工作,经常弯着腰在盾构机里面检查线路。他还积极主动向同事和领导请教,认真总结经验。

一名合格的盾构司机不能只是会按按钮,更应该学会驾驭盾构机,掌握内在的原理,这样才能充分发挥盾构机的潜力。

当王慧晨问李竞宇执着学习盾构机的原因时,李竞宇慢条斯理地说:"感觉现在盾构市场很大,盾构机运用普遍,是一名工程技术人员的必修课,能够丰富我的工作经历,不断提升能力水平,对以后的职业生涯肯定有不小帮助。"

7月份,李竞宇用出色的表现赢得了领导和同事的肯定,经过考核和批准,正式成为一名盾构司机,配合其他盾构司机一起参与盾构掘进作业。

坐在盾构机操作室里面的那一刻,李竞宇有一种开上"豪车"的感觉,价值几千万的"豪车",同时也在那一瞬间,感受到了自己肩上的重担。这可不是闹着玩儿的,要开好才行,李竞宇暗下决心。

此后,李竞宇每天都在高温和噪声环境下连续工作12个小时,白班、夜班半个月轮换一次。工作过程中,他还在狭窄的操作室里冷静分析地层和设备运转情况，调整掘进参数以保证盾构顺利掘进，小心翼翼驾驶"豪车"在北京城地面下平稳前行。

7月7日下班，结束了12个小时的辛苦工作，李竞宇沿着隧道返回地面。走出竖井口的时候，手机震动了两声。终于有信号了，每天在隧道深处，和同事用对讲机交流，手机完全没有信号，只能当作手表用。打开手机，是王慧晨发来的一篇央视新闻焦点报道：红谷隧道今天建成通车，3分钟穿越赣江成为现实！李竞宇激动之情久久无法平息，眼角有一丝湿润，工作一天的疲惫感瞬间消失不见，快步走去办公区找王慧晨。

7月份的初夏傍晚，北京朝阳区的街道上，两侧树木绿荫相映，李竞宇和王慧晨漫步而行，北方干燥清爽的天气，和南昌的潮湿闷热迥然不同。

"红谷隧道通车之后，我对望京隧道项目有了新的期待。"李竞宇沉浸在红谷隧道贯通的喜悦当中，饶有兴致地说道，"今天真是一个值得庆祝的日子，两年前的这个时候，我刚毕业，参加单位的联谊活动，第一次见到你，不知不觉已经过去两年了。"

"你记得挺清楚，我还以为这段时间你老紧绷着神经，把我都忘了呢。"王慧晨毫不隐瞒地表露心迹，语气之中似乎有一丝抱怨。

李竞宇放慢了脚步，蓦然停顿下来，说："我努力地工作，是为了实现我们共同的梦想，而你，是我梦想的支撑。"

新时代，个体的努力奋斗，汇聚成了时代发展的磅礴之力，像李竞宇和王慧晨这样的刚步入社会的年轻人，从事地下工程——隧道建设行业，由于工程建设的隐秘性，并非像高楼大厦一样雄伟屹立，建设过程不为人知，但一代代隧道人付出的艰辛、取得的成绩彪炳史册，推动了当今社会交通事业的繁荣发展。

红谷隧道通车运营5个月之后，李竞宇迎接的是望京隧道施工的一大难关。盾构机要下穿北京机场快轨，机场快轨作为地铁和机场的连接线，承担了首都国际机场大量国际游客运输任务，被称为国门线，运行时速约100千米。此次望京隧道下穿作业，要求施工精度保持在正1毫米至负2

毫米之间，相当于一根绣花针粗细。

"干！硬着头皮也得干，说啥也得把这一关过了。"技术干部会上，项目负责人的一句话，让所有员工下定决心，打好这场攻坚战。

面对艰巨的任务，李竞宇他们顶住压力，依托技术攻关小组，制订了周密的下穿技术方案，创新施工技术，解决盾构技术难题，增加使用多种技术手段。项目领导在盾构机里面轮流值班，李竞宇配合其他盾构司机精准控制掘进参数，更加精确地驾驶三层楼高的"庞然大物"平稳前行。

"实时监测显示，我们已经开始进入机场快轨地下了，要打起精神来，严格保障个人在最佳状态，不能有丝毫马虎。"项目领导适时提醒大家。

在领导的激励和提醒下，李竞宇紧盯着盾构机操作室内的显示屏幕，根据数据参数，精准控制盾构机掘进的角度和速度，防止地面沉降超标。

在盾构机里面上班近半年之后，李竞宇早已经适应了闷热和高分贝噪声环境，尤其是在关键时刻，头脑更加清醒，和同事一起全神贯注执行制订的方案，时刻关注着地面监测沉降数据，根据数据及时调整盾构机掘进参数。

12月16日，实时监测显示，在机场快轨线不间断运营的条件下，盾构机实现成功下穿，直径10.9米的盾构机将下穿机场线的沉降控制在仅仅0.68毫米，相当于7张A4纸的厚度，刷新了国内大直径泥水盾构沉降控制的纪录。李竞宇所在的团队创造了历史，也为后续施工提供了宝贵的经验。

2018年4月，望京隧道盾构机又以最大差异沉降不足6毫米的好成绩，成功穿越了朝阳区崔各庄东辛店村和费家村1.8千米长特级风险源，隧道上方334栋房屋无任何扰动，丝毫没有察觉地下一个足足有三层楼高的巨型盾构悄悄穿过，实现了国内首次在如此长段落"不拆迁、零扰动"的安全穿越。

转眼，李竞宇到望京隧道项目工作已经一年。一年来，李竞宇习惯了每天至少12个小时在盾构机内重复枯燥而又充满挑战性和成就感的工作，盾构操作的熟练度也迅速提高，在施工过程中他见证了中央电视台、新华网、人民网等各大主流媒体对工程建设的集中报道。

李竞宇驾驶着盾构机在繁华都市的地表之下缓缓前进，紧张的工作成为常态，自身的技术水平随着不断发现问题、解决问题而持续提高。11月12日，随着10.9米的盾构刀盘破土而出，望京隧道实现双线顺利贯通，全线范围第一个实现主体施工结束，率先解除施工高危风险。

下班后，李竞宇独坐在办公室，回忆起3.7千米隧道实现贯通的每一个瞬间，想起不断刷新创造的沉降纪录，想起红谷隧道的老师张志成曾说："从无到有建成一个精品工程，就像把一颗小小的种子栽培成一束绚烂的花朵，当你再次身临这个工程项目时，心中满满都是自豪之情、成就之感。"

李竞宇心中逐渐悟出了这种感觉。

望京隧道贯通后，紧张的工作依然在继续。大概是一起见证了很多历史性时刻，李竞宇和王慧晨的关系更加紧密了。一路携手走过，李竞宇不断展现着一名现代隧道人对精益求精的执着追求，更用自身的优秀和对感情的坚守获得了王慧晨父亲的认可，两代隧道人时常交流不同年代隧道施工的工作环境和技术条件，无不感慨隧道施工进入了跨越式发展阶段。凝结了无数前辈的智慧与汗水，如今隧道建设事业的施工理念和作业环境已经迈上了新台阶，现代化施工模式更加数字智能、精确可控、绿色安全，对技术人员的要求也随之变高。

从王慧晨父亲口中得知，单位的前辈早在20世纪80年代，就在北京地铁复兴门折返线中率先运用"浅埋暗挖法"施工，避免城市道路"开膛破肚"，在车水马龙的长安街地下施工，做到了修建过程中不影响交通、不扰民、不拆迁，最大限度避免了大范围开挖征拆对市民和城市发展的影响，开创了地铁施工的新纪元。

那段激情燃烧的岁月是前辈们人生中不可或缺的重要片段，在特定的历史年代，他们深知隧道工人的艰辛和荣誉。

伴随波澜壮阔的改革开放历程，隧道施工日新月异，像李竞宇和王慧晨这样的年轻人，接过前辈的旗帜，在实践中成长，奋斗在施工一线，始终如一坚守着那颗初心。

下班之后，李竞宇和王慧晨喜欢一起走过项目的文化长廊，和同事们一起在东侧的空地开垦蔬菜水果采摘园，给蔬菜浇水、施肥，摇身一变成了菜农，用原始的体力劳动方式缓解大脑的疲倦。夏秋之际，种下的蔬菜、水果日渐成熟，和同事们一起采摘，交给项目食堂，在食堂阿姨灵巧的手中变成一道道美味可口的饭菜。

和项目部来自全国各地的同事们一样，由陌生到熟悉，李竞宇和王慧晨将工作和生活的点点滴滴融入项目大家庭里。

2021年1月，李竞宇手机屏幕上方弹出来一则新闻消息：22日，北京至哈尔滨高速铁路北京至承德段正式开通运营。而自己干过的北京望京隧道，正是全线的控制性工程。

高铁列车上，旅客舒适地坐在座椅上，看着窗外快速变化的风景，列车的时速达到了300千米左右。翻开高铁乘坐时刻表，从北京出发，最快2小时44分钟可到达沈阳，4小时52分可到达哈尔滨。高铁列车疾驰进入望京隧道，实现快速通过。旅客们享受着更加便捷舒服的乘坐体验，交通强国的自豪感爆满，他们在朋友圈分享崭新高铁交通线开通后的乘坐感受。

这也是隧道人最开心的一刻。

04. 无尽长江竞风流

傍晚时分，长江之畔，李竞宇和王慧晨站在南通市海门长江防汛大堤，蒙蒙水雾笼罩，广阔无际的江面上停泊着砖红色的巨型轮船，而江底深处，一条线路总长度10千米左右的大直径盾构将缓缓穿越长江，建设6.8米内径的万里长江第一长隧。

"我想看的故事，什么时候能写好？"王慧晨不依不饶地询问，心中充满了期待。

"已经写到了尾声，但是还没最终敲定题目。"李竞宇回答，想着写了20多页的草稿纸,上面都是工作以来,自己和王慧晨奋斗的记忆,也写满了自己对这份心怀热爱的隧道建设事业倾注的感情、付出的努力。那段一起奋斗的日子,见证了他们从相识、相知到携手的过程。

"这是咱们参加工作之后的第三个工程项目了,从南昌、北京,到南通海门。"王慧晨似有感慨,回忆着一路走来经历的工程项目。尤其是最近几年,越来越多的有志青年加入隧道工程建设大团队中,一起征战一个又一个重大工程项目,将自己的人生发展定位精准融入时代发展所需要的隧道工程建设事业当中,在工作中不断追求卓越,不断超越自我,和工程建设共同成长,一起见证了施工精度的大幅度提升。

"不如叫'精度'吧,精度是我们隧道人孜孜不倦的追求,我们也在汹涌人潮中准确找到了彼此。"李竞宇猛然想起这两个字。

王慧晨看着李竞宇认真的样子,说:"致我们深深热爱的事业和平凡幸福的生活,是吗?我们在工作过的每一个地方都留下了珍贵的回忆,隧道工程竣工之后,都不断为区域交通提速。"

李竞宇笑而不语,眺望着远处静静浮在江水上的船只,他们工作以来辗转漂泊,和团队一起成长进步,见证精度不断刷新的历史时刻,也领略了不少人世间绝美的景色。

眼前的江水又一次勾起李竞宇对赣江江水的印象,仿佛回到了最初和王慧晨在赣江岸边倾诉相知的那一刻。

1
2

3

1　京沈客专望京隧道"共青团号"盾构机始发
2　建成通车后的南昌红谷隧道
3　南昌红谷沉管隧道施工现场图

第八章 速度

乌兹别克斯坦境内，全长 19.2 千米的卡姆奇克隧道，在整个中亚排名第一，被称为"中亚第一隧"。

从 1991 年乌兹别克斯坦宣布独立开始，穿越天山山脉，将乌国东部人口密集的费尔干纳州、安集延州、纳曼干州与内地连在一起，一直是乌国国民的夙愿，但限于技术和资金，始终未能实现。

2016 年 2 月，卡姆奇克隧道实现全隧贯通，乌兹别克斯坦人民的梦想照进现实。火车穿行整条隧道需要 15 分钟，整整 900 秒。而中国建设者为此奋战了 900 天。

01. 一个月的"闪婚"

"请问你们啥时候能派人去我们国家，我们啥时候能签约？"

一名长相憨厚的"老外"拿着几页已经有些皱巴巴的资料，还来不及擦掉额头上滚落的汗珠，一见到王坤就迎上来急吼吼地问道。王坤听不懂他在说什么，自然地看向他身边的翻译。翻译用着蹩脚的中文一字一顿地说："我们的这位'科总'说，你们什么时间可以去我们国家？我们什么时候能签约？"

王坤知道眼前的这位"老外"名字叫科曼洛夫，是乌兹别克斯坦铁道部派来调研中国隧道建设的调研组成员。听到他的翻译把他的名字翻译成"科总"，王坤不禁莞尔，心想，这一定是翻译这几天听我们经常互称"×总"，也入乡随俗，把科曼洛夫叫成"科总"。

王坤看着眼前这位"老外"急迫的样子，不禁觉得有些好笑，又有些无奈。这已经是一天内第三次他在王坤可能出没的地方等着，来问工程签约的事。

一向擅长做经营工作的王坤也是第一次遇上这样的"业主"。

2013年5月，一家致力于隧道施工的专业性隧道施工企业——中铁隧道局集团迎来了一批特殊的客人。他们自称乌兹别克斯坦铁道部调研组，来中国学习交流隧道建设施工技术和经验。

中方企业派出了具有丰富海外市场经营工作经验的时任海外公司总经理的王坤，带队接待乌兹别克斯坦调研组。调研组一行4人，3位乌兹别克斯坦铁道部成员，还带了一名翻译。4人中为首的便是"科总"科曼洛夫。

王坤本着交流分享的目的，带他们参观了北京一个正在用盾构法施工的地铁隧道工地。

来自乌兹别克斯坦的科曼洛夫还是第一次见到正在工作中的盾构机。科曼洛夫对盾构机表现出极强的兴趣，在了解了盾构机开挖隧道的速度和质量后，指着盾构机上面的字问道："这是你们从哪个国家进口的？"

王坤略带自豪地回答道："这台盾构机全部是由我们中国设计、制造和生产的。"

科曼洛夫听完翻译后，立即竖起了大拇指："有这样一台盾构机，再长的山也不成问题。"

王坤听到科曼洛夫这样说，摇了摇头："盾构机在全世界范围内，在山岭隧道的应用还不常见，因为山岭隧道项目岩体复杂多变，很容易对盾构机整体结构造成损坏。"

听到王坤的话，翻译拉着科曼洛夫在一旁私语了好一会儿，科曼洛夫又仔仔细细思考了好久，才对着王坤说道："既然盾构机不能用来建设山岭隧道，那我们想看看你们正在修的山岭隧道现场是什么样子的。"

王坤虽有些疑惑，但是为了尊重客人的意见，还是大度地说道："好的，没关系。北京附近有个张家口，我们企业正在那里修建张唐铁路，也就是张家口到唐山的铁路，其中我们承建的有一座20多千米的隧道，不知道您有没有兴趣前往。"

"有有有！太好了！我们赶紧去吧！"

一到张唐铁路燕山隧道，科曼洛夫的嘴就像竹筒倒豆子一样问个不停，一会儿看看隧道的混凝土质量，一会儿看看工人们使用的安全措施，一会儿又爬到台车架上，看着工人们编织钢筋，嘴里还叽里咕噜念念有词，翻译也听不清他到底在说些什么，也只好尴尬地赔笑，看着科曼洛夫爬上爬下。

时值5月，隧道里闷热异常，不一会儿，汗水就打湿了科曼洛夫的整个衣衫，但科曼洛夫不以为意，还坚持要到掌子面看看。

王坤笑道："中国有句古语，叫舍命陪君子，我今天就陪着您好好参观参观。"

结果这位翻译的中文也是个"二把刀"，就把王坤的话原原本本翻译了出来，一听到"舍命"，可把科曼洛夫吓得够呛，连忙摆手道："你们中国人是不是怕我们偷学什么技术啊？这有这么危险吗？我可不想去啦。"

王坤连忙摇头否认："科曼洛夫先生您误会了，我所表达的只是十分愿意陪您参观的意思，至于偷学技术那就更不存在了，我们愿意和各国交流学习隧道施工技术，互相取长补短才能共同提高嘛。"

科曼洛夫连连点头，这才放下心来带领着组员们同王坤一起来到了掌子面，看到三臂凿岩台车的一刹那，科曼洛夫顿时张大了嘴巴："这台设备叫什么名字，怎么这么像《变形金刚》里的大黄蜂啊？"

王坤递给了科曼洛夫一张纸巾,又拿出一张来擦了擦额头上的汗:"科曼洛夫先生,这个叫三臂凿岩台车,是用来钻透岩石,形成炮眼用的。这也是我们中国隧道机械化配套施工最典型的一个设备。"

听到这里,科曼洛夫露出了惊讶的表情:"以前我只知道想要钻炮眼,只能靠工人扛着风镐风钻等设备徒手开挖,没想到现在居然有这么先进的设备。"

王坤听到科曼洛夫的感叹,接着说道:"三臂凿岩台车这可是个好东西,以前需要十几个人才能完成的工作,靠这台设备,只需要3~5个人就能完成,而且隧道掘进速度也是成倍提高。"

科曼洛夫问道:"这也是你们中国人自己造的吗?"

王坤实话实说:"说实话,中国目前还没达到能够自主设计制造这台设备的技术水平。"

科曼洛夫听到这句话有点闷闷不乐:"其实说实话,我们在来中国之前,已经走访了几个隧道修建技术号称排名前列的欧美国家,他们根本没有给我看过这么先进的设备和技术,只有到中国来,我才算真正地开了眼。"

在回北京的车上,几名调研组成员用乌兹别克语激烈地交流着,看样子好像是科曼洛夫在极力说服其他几名成员,王坤从他们的话语中好像听到了刚才科曼洛夫说过的"中国""凿岩台车"几个单词,看着翻译气定神闲的样子,王坤也不方便多问,就任由几名"老外"争辩着。

吃过午饭后,中方企业安排调研组与中国隧道技术人员一起开展了一场小型的座谈交流,科曼洛夫带着几名调研组成员胸有成竹地走了进来,看起来经过中午的讨论,科曼洛夫已经和成员们达成了一致意见。

还未等中方企业的代表说话,科曼洛夫首先发言:"有些话我本不能说,但是看到你们中国这么有诚意,你们给我们看了盾构机、三臂凿岩台车,还带着我们看了真正的隧道施工现场,我真的很感动,我也想对你们诚实,我把我真正的任务告诉你们。"

听到科曼洛夫的话,中方企业的这些代表都是一头雾水,尤其是王坤,还在想科曼洛夫是不是外国派来的"卧底",专门来打探中国的一些机密。大家面面相觑,会议室顿时陷入了尴尬的沉默,最后大家的目光又聚焦到科曼洛夫身上。

科曼洛夫显得略微有些紧张,试探性地问道:"如果说,我们想请你们修一条20千米长的山岭隧道,你们有没有把握3年完工?"

此言一出,一片寂静。在地理位置、地理环境、建设要求都未知的情况下,谁也不敢保证3年能够完成20千米长大隧道的施工。

整个会议室寂静了好一会儿,有着丰富经营工作经验的王坤首先想到,这很可能是乌兹别克斯坦想要修一条隧道,限于技术条件和专业水平,只能求助他国,这个调研组远没有表面上考察交流这么简单!

王坤认真地思考了一会儿,将脑海中一条又一条中国隧道用数字穿起,谨慎又诚恳地说道:"科曼洛夫先生,我不知道您口中的隧道具体是什么情况。但我首先可以给您介绍一下,我们中国长大隧道发展的历史和建设的经验。"

"好好好!请王先生说得越细越好。"科曼洛夫有些激动。

"在20世纪六七十年代,中国6年才能打通一座6千米左右的长隧道;20世纪八九十年代,中国6年就可以打通一座10多千米的长隧道。"

看着科曼洛夫略微张大的嘴巴,王坤继续说道:"比如在1988年,由我们企业建成的长达14.295千米的大瑶山隧道,也是我们中国首座超过10千米的隧道,这座隧道缩短铁路里程15千米,线路顺直了,运行速度也从每小时50千米提升到每小时100千米以上。"

王坤喝了口水,润了润嗓子:"到21世纪,我们用6年的时间,就能修建20千米,甚至30多千米的长隧道,比如说前几年建成的全世界瞩目的青藏铁路,其中我们企业承担了全线最长隧道——新关角隧道的施工任务,'关角'在藏语中的意思为'登天的梯',什么意思呢?也就是说这条隧道是目前世界上海拔最高的隧道之一,这条隧道修建在青藏高原之上,全长32.6千米,不但使原线路长度减少了36.8千米,而且将列车穿越关角山的时间,由原来的2小时缩短到20分钟。而在3600米以上的严酷自然条件下,我们也仅仅用了7年时间。"

听到这里,乌兹别克斯坦的调研组成员们纷纷坐不住了,一时间激动地表达着自己的想法,唯一的一名翻译一时间不知道该翻译谁的话,科曼洛夫摆摆手示意组员们安静下来,认真听王坤讲述。

王坤清了清嗓子,铿锵有力地说道:"我们中国目前完全有能力、有技术、有水平修建这样一条隧道,但是涉及建设的具体情况和工期年限,我们需要派技术人员去勘测过才知道。能不能3年完成,我们真的不好说。"

听到这里,虽然知道王坤的话有道理,但是科曼洛夫还是有点着急了,站起身来大声讲道:"如果你们这么专业的队伍都做不到的话,中国的其他企业,甚至其他国家的企业,估计也很难做到。"

王坤感觉科曼洛夫有些过于激动了,问道:"科曼洛夫先生,请问您是否能够给我们提供一些关于这条隧道的资料呢?"

调研组成员一阵窃窃私语讨论后,最终一份只有薄薄两三页纸的资料被递到了王坤的眼前。

王坤有些傻眼了,他还从没见过这么简单的隧道项目介绍,隧道环境、工程地质、水文地质、岩体介绍都没有,只有几张山川的照片和一份乌兹别克斯坦的行政文件。

看着王坤惊讶的神情,科曼洛夫显得有些不好意思,便向翻译点了点头。翻译介绍说:"乌兹别克斯坦整个国家有3400多万人口,首都在塔什干,而居住在费尔干纳盆地的1000多万人口,想要去一趟首都,却只有两条路可走:一条是借路取道邻国塔吉克斯坦,也就是说每到自己国家首都一次就需要出一次国;而另一条路就是坐汽车,但是汽车走的这条路,路况很差,需要爬一个2000多米的高峰,每到冬季还经常会结冰封路。这种交通困境,一直是乌兹别克斯坦政府和民众的心病。乌兹别克斯坦在1991年宣布独立,打通东北部与中西部的全天候、快捷的交通道路,就成了我们国家的夙愿。"

听到这里,科曼洛夫接过话头说道:"其实,乌兹别克斯坦的铁路网中连接安格东至帕普的铁路线,就是为了实现这个夙愿而建的。它的两端的线路均已通车运营,最后一段没能连通的地方位于纳曼干州,需要打通一条近20千米长的隧道,穿越天山山脉。但是由于技术、资金等问题一直未能落实,致使全长123.1千米的'安格东—帕普'铁路,始终无法连通。今年,我们乌兹别克斯坦总统将这条隧道列为'总统一号工程',下定决心一定要把这条隧道修通,为此,我们的国家铁路公司成立了专门的调研组,派我们来寻找优秀的承包商。"

听到科曼洛夫这番话,王坤这才恍然大悟,这个调研组原来是打着考察学习的名义,来借助外国技术修建他们的"总统一号工程"。

王坤看着眼前薄薄的几页资料,心里也着实犯起了难。心想原本以为只是普通的一次交流座谈,没想到背后竟然有这么大一个工程。从科曼洛夫的话中不难看出,这个工程一定是一个典型的"三边工程"。也就是需要我们边勘察、边设计、边施工,我们对乌兹别克斯坦了解得并不多,面对这样的三边工程,建设过程中能否得到各方面的支持,还要保证3年打通20千米的隧道,任何一家企业心里都没底。

想到这儿,王坤对调研组说道:"科曼洛夫先生,我需要回去向我们企业领导汇报一下,请给我们一段思考和讨论的时间。如果可以,我们将很快向乌兹别克斯坦派出技术人员进行现场考察调研。"

看着王坤坚定的眼神,科曼洛夫只好同意了。可是距离回国的时间只剩下了半个月,科曼洛夫想带着中国企业的技术人员一起回去,也算能向总统和人民交差,不然两手空空,只有一个口头的承诺,自己也没脸回去向总统汇报。

于是,从开完会的第二天开始,科曼洛夫每天在王坤各个可能"出没"的地方等他,比如酒店门口、中方企业人员经常去的餐厅,还有那天他参观过的工地等,只为了当面得到王坤的答复。

王坤感觉自己成了科曼洛夫的一个猎物,科曼洛夫的坚持让王坤这边着实有些犯了难。

王坤在开完会的当天就及时向公司如实汇报了乌兹别克斯坦隧道工程

的情况,公司领导听到这个消息自然十分高兴,这可是向全世界展示中国隧道技术的一个来之不易的机会。但是对乌国缺乏了解,各方面资源也有限,最快也要等相关技术人员的签证办下来才可成行。

王坤如实地向科曼洛夫解释了这些情况。科曼洛夫也表示理解,在最后一次"猎狩"王坤的时候,科曼洛夫说:"只要你们愿意和我们一起回国去勘测,我可以一直在这里等着。"

科曼洛夫坚定的语气让王坤心里很感动,王坤也是在做经营工作以来第一次遇到这样的业主。以前的甲方业主都是"高高在上",少有能够这样对施工企业"三顾茅庐"的,而作为乌兹别克斯坦的代表,科曼洛夫礼贤下士的态度着实让人敬佩,而这也从侧面看出来这条隧道对于他和他的祖国有多么的重要。

半个月的签证办理时间很快过去,中方企业终于委派经验丰富的时任中铁隧道院院长张先锋出任组长,海外公司总经理王坤任副组长,剩余全部由技术人员组成的勘测小队跟随着科曼洛夫一起来到了乌兹别克斯坦纳曼干州巴比斯科地区的库拉米山脉。

经过半个月漫长的考察,勘测小队终于返回了祖国,但带回来的消息却不尽如人意。

2013年6月,在位于河南洛阳的中铁隧道局集团总部一间小办公室内,一场激烈的"辩论赛"正在紧张地进行着。正反双方激烈对峙,慷慨陈词,围绕的辩题只有一个,该不该承接乌兹别克斯坦的这项"总统一号工程"——卡姆奇克隧道。

这项重要国外工程的重磅消息原本引起了公司上下全体员工的兴趣,这份热情之火却被勘测小队带回来的消息扑灭了。原来,经过两个月的考察发现,卡姆奇克隧道施工难度大大超出了乌兹别克斯坦调研组所告知的情况。

勘测小队在卡姆奇克隧道涉及的山区考察时发现有很大的难度,这里的地势非常险峻,而且地质组成结构复杂,在施工过程中随时可能面临山体崩塌和岩爆等一些情况的出现。要知道,隧道都是在山体里面修筑,这些情况不管发生哪个，都可能造成施工队的全军覆没。乌兹别克斯坦投资环境亟待改善，行政手段对外贸和对外经济合作干预过多，市场经济基础脆弱，隧道一旦开工面临的成本压力将极其严重。

另外，在考察勘测过程中，勘测小队还通过侧面了解到了一个被乌兹别克斯坦调研组刻意隐瞒的情况。

其实早在"冷战"时期，苏联曾经就计划修建这条隧道，专家经过勘测，预计施工期为25年。后来随着苏联的解体，这条隧道的建设被扼杀在了萌芽之中。在今年被列为"总统一号工程"后，乌兹别克斯坦调研组也去了欧洲、亚洲的几个国家，接触了他们的企业。但是他们都觉得3年的工期肯定完不成，至少需要5年，乌国坚持要3年完工，他们就都放弃了。甚至有几个公司连初步的报价都没有。

在成本、难度、工期几方面重压下，修建卡姆奇克隧道将对企业造成多大的影响，企业到底能不能顶住压力，实现完美履约，这道难题摆在了所有人的面前。如果海外工程不能保证履约，失去的不仅仅是企业效益，更有可能损害国家形象。因为他们在国内代表的只是一家企业，在国外代表的就是中国。

中铁隧道局集团总工程师洪开荣从这场"辩论会"开始时便未发一言，静静地听着大家略带火药味的激烈的争吵。眼看着坚持修隧道的一方在"辩论"中落入了下风，王坤坐不住了，向这位学富五车的老工程师投去了求助的眼神。

"大家不妨听听我的想法。"

洪开荣一张口，本来争得脸红脖子粗的众人顿时安静下来，大家都想听听这位全国隧道专家的意见。

"其实大家想想看，经过近几十年的交通工程和其他基础工程的建设，我国目前已修建了近4万千米的隧道，相当于绕地球一圈；在隧道设计、施工和装备技术上也取得了快速的发展，已建成长度超过10千米的隧道上百座、超过20千米的隧道达15座，同时积累了丰富的工程经验，我们心里都清楚，现在我国的隧道专业化施工水平已经处于国际先进行列。"

经过洪总这么一说，大家不免有些激动，打心眼里为企业和国家感到深深的骄傲。

洪总看着大家一张张熟悉而亲切的脸，继续饱含深情地说道："不过，我们也必须承认一个事实，虽然我国隧道现在已经发展到国际领先水平，国外到底认不认可你，国际上到底对中国隧道有一个什么样的评价，我想答案不言而喻，大家都心知肚明。这是为什么？就是我们没有在国际上具有挑战性的工程中展现出来，很少和国际企业同台竞争。我们作为隧道国家队，面对这样一个具有挑战性的项目，做什么样的选择，不仅仅需要技术支撑，更需要我们今天在座所有人的勇气！"

洪总顿了顿，接着说道："我承认，这条隧道很难，3年的工期很紧，如果我们承诺修建，我们将担负很大的压力，企业也将被推上悬崖，一不小心就会万劫不复。但是我觉得，面对这样能够将中国隧道'走出去'的机会，我们没有选择的余地。难，怕什么？老成昆难不难？青藏铁路难不难？木寨岭难不难？咱们不都是一步一个脚印干过来的？怎么到了国外就不敢了？"

"洪总，我们敢修！"

"洪总，我们有信心！"

听到洪总温和而又不失严厉的质问，大家纷纷有些羞红了脸，而转瞬间，整个会议室都像壮士断腕一样表起了决心。洪开荣坚定地说道："从今天开始，我们就正式让中国隧道走出世界了！"

当王坤把这个消息通过电话告诉科曼洛夫的时候，他分明听到了电话那头传来的如释重负而又喜极而泣的啜泣声……

王坤通知科曼洛夫这个消息仅仅过了两天，科曼洛夫就再次带着他的调研组和几位乌兹别克斯坦的专家踏上了中国的土地，与中方企业开始了卡姆奇克隧道建设的第一次谈判。但令所有人都没有想到，第一次谈判并没有预想的顺利。

乌兹别克斯坦建国几十年来，国内只有一条公路隧道，隧道建设在乌国基本上属于空白技术领域。所以乌兹别克斯坦的专家们坚持让中方企业沿用苏联的标准进行设计施工。

经过几十年隧道施工的发展，目前我国经过几十年的普速铁路、高速铁路建设，形成了比较先进的成套技术标准，中方企业希望进一步加快中国隧道走出去的进程，希望这座隧道采用中国标准进行设计、施工，把这些标准推向世界。另外，如果坚持沿用苏联的标准，意味着中方从设计到施工需要重新熟悉整套的标准流程，设计时间会拉得很长，将严重影响隧道施工的进程。

乌兹别克斯坦专家的固执超出了中方所有人的想象，谈判从早上8点一直持续到中午也没什么实质性的进展。负责这次谈判的中方企业代表刘陈玉心里不觉有些恼火，科曼洛夫注意到刘陈玉的表情，在休会的间歇期，悄悄地拉着翻译找到刘陈玉，想要和他单独交流。科曼洛夫悄悄地对着刘陈玉耳语道："刘陈玉先生，其实我作为乌方的代表，本不应该和您说这些，但是我个人相信贵公司的实力，也相信中国的标准，其实你们可以带着我们的专家去你们修好的隧道看看，也顺带着让我们再次开开眼界，我相信他们看到你们修好的隧道，一定不会再纠结这个问题。"

科曼洛夫的建议瞬间让刘陈玉看到了希望。在科曼洛夫的斡旋和劝说下，乌兹别克斯坦的专家们也同意跟着刘陈玉去隧道现场看看。

一个下午时间，刘陈玉带着乌兹别克斯坦的专家们参观了在古都洛阳周边的一条又一条隧道，中国隧道的光影终于使得乌国专家们深深地折服。用刘陈玉的话来讲："一路上，乌方专家的大拇指都举酸了……"

2013年5月底，张先锋再次带队重走"丝绸之路"，"出使"乌兹别克斯坦，在首都塔什干与乌方铁道部部长罗曼托夫谈判，达成初步意向后在乌国副总理兼外贸部长和铁道部部长的陪同下，到乌兹别克斯坦总理府拜访了第一副总理兼财政部部长阿济莫夫，中国驻乌大使到场见证，敲定以4.55亿美元、3年工期，完成卡姆奇克隧道工程。

在随之而来的合同签署仪式上，中方企业代表受到了乌方铁道部部长罗曼托夫盛情的款待，罗曼托夫激动地说道："从5月开始，到6月签合同，虽然有一些磕磕绊绊，但是仅仅一个月的时间，就完成了了解、勘测、考察、谈判、合同等一系列工作,我们从来都没接触过这么高效率的企业。我们和中国好像来了一次'闪婚',能够以这么快的速度完成这一系列纷繁复杂的工作,这不仅源于中国隧道在国际上的品牌效应,更来源于中国隧道人的自信。"

02. 五天两百千米

在这样一场快速的"闪婚"下,双方由于隧道建设经验和历史文化差异,分歧总是不可避免。就在合同签署完成后的第二天,关于隧道建设方法,中乌双方再次产生了分歧。

其实山岭隧道的施工方法主要有两种:一是钻爆法,就是采用设备在岩体上打眼,然后采用炸药把岩体炸碎,再用装载机和大卡车将破碎岩石运出地下,把相关建筑材料运进隧道安设保证隧道的稳定,这样使隧道不断向前延伸的方法。二是TBM法,TBM是英文Tunnel Boring Machine的缩写,就是隧道掘进机的意思。它将隧道施工的破岩、出渣、支护等关键性工作都集中在一台设备上,像一条隧道流水作业线。在合适的工程条件下,TBM施工速度是钻爆法的4倍以上,面对工期这一突出矛盾,这是一个很诱人的选项。但是如果地质条件不适合TBM施工,那么就是灾难性的。如我国台湾雪山隧道,由于3台TBM遇到涌水坍塌,掘进极其困难,最后造成设备被掩埋而损毁报废,不得不改为钻爆法施工,致使隧道通车时间比预期的1998年足足晚了8年;我国锦屏电站隧洞工程采用3台TBM施工,因为岩爆的问题,最后不得不在中途放弃几亿元的TBM设备,而采用钻爆法完成剩余工程。

科曼洛夫始终对第一次来中国时在北京地铁中看到的盾构机念念不忘,回国后便第一时间向乌兹别克斯坦铁路公司汇报了这一先进的施工方法。乌方铁路公司一听有这么先进的技术,就觉得中方一定是在乎成本,而不舍得采用最新的技术。双方的信任顿时如同抽了丝的麻绳一样变得岌岌可危。

自合同签署的那一刻，3年的工期就正式进入了倒计时。双方的每一次争议和分歧都是对工期的肆意浪费。王坤心里如同悬了一颗巨石，死死地压在了他的胸口。王坤一天已经给科曼洛夫打了4次电话，询问乌方铁路公司的意见。然而科曼洛夫方面却始终没有给出一个肯定的答案。王坤挂了电话手扶着额头一筹莫展，突然办公室的电话铃声再次响了起来。原来是总工程师洪开荣打来的电话，王坤心想，这肯定是洪总想到了办法，便一路小跑着来到了洪总的办公室门口。

王坤轻轻地敲了敲办公室的门，得到洪总的应允后，王坤推门而入，发现洪总正在仔细地看着上次前往乌兹别克斯坦的勘测小队带回的资料。

"洪总，我今天已经给那边打了4次电话。"还未待洪总开口，王坤急切地说道，"但是乌方那边始终坚持要用TBM，我实在是没办法说服他们。"

看着王坤着急又无奈的样子，洪开荣笑了："小王，业主的要求自有业主的道理，我们作为乙方，必须站在业主的角度上去考虑问题，完美实现业主的需求才是我们的直接目标。我有一个想法，你看看可不可行，我们可以调集经验丰富的一线盾构技术人员和钻爆技术人员组成一支先遣队，我来亲自带队，由我们先走一遍'长征路'，看看到底哪种方法可行，你觉得怎么样？"

洪总的意见让王坤茅塞顿开，所有的烦恼和压力此时都一扫而光，带着激动的心情，王坤郑重地向洪总点了点头："有您亲自出马，那肯定能行，就按洪总说的办。"

就这样，在中国隧道行业专家洪开荣的带领下，一支由6名钻爆法技术人员代表、6名TBM技术人员代表组成的先遣小队再一次来到乌兹别克斯坦纳曼干州巴比斯科库拉米山区。

一边是紧张异常的工期压力，一边是荒无人烟的野外山区，13名先遣队员就这样开始卡姆奇克隧道沿线考察的长征之路。

洪开荣第一次踏上库拉米山区的土地，正是乌兹别克斯坦最热的季节。先遣队包租的一辆本地的大巴车沿着歪歪扭扭像麻花一样的山路走到尽头，两个集装箱歪斜地坐落在一条小溪旁的空地上，13名先遣队员陆续下车后，大巴车逃也似的消失在山林中。

洪开荣莫名觉得自己这一群兄弟伙像是被人贩子丢进了深山老林里，便自嘲般地笑了。身后的队员们一边抹着汗水，一边抬着重重的行李，看见洪开荣突然开始笑了有些不知所措。

"嘿！洪总，刚来就发现了什么好消息啦？"

洪开荣笑着摇了摇头，便跟着大家一起把被褥和行李抱进了集装箱。一个集装箱正好放6个人位置的被褥，由于没有床，13名先遣队员就在这荒郊野岭打起了地铺，席地而卧。

洪开荣和大家开着玩笑说："这以后就是咱们的豪华纯天然大酒店！"所有的燥热和烦恼都在大家的笑声中一扫而光。

解决了睡觉的问题，接下来只剩吃饭的问题。库拉米山区是乌兹别克斯坦的一个无人区，方圆10多千米也没有人烟，更别说有吃饭的地方了，好在集装箱旁边就是一条小溪，由于没有重工业和人类的污染，小溪的水清澈见底，落日的余晖洒在波光粼粼的水面上折射出五彩的光芒，在山石底部靠近溪水的地方已被溪水长年侵蚀而蚀出一个个小孔，铺上一层绿色的青苔，显得越发古老而神秘了。

常年奔波在山岭隧道一线的洪开荣此时也被这溪水的魅力迷住了，大自然的美往往有着沁人心脾的魔力。洪开荣知道，这条小溪不仅是自然的馈赠，更是他们接下来几天赖以生存的生命之源。

在山路上颠簸了一天，大家没吃一口东西，现在早已饥肠辘辘。洪开荣拿出了包里的挂面，冲着大家喊道："今天咱们就吃这个吧！"

看着洪开荣手里的面条，大家口水都要流出来了，于是紧张地忙碌了起来。用石块垒灶，捡柴烧火，用溪水煮面，一切都井然有序，这群来自大江南北的先遣队员经过多年工地的磨炼，早已成为野外生存的高手。不到半个小时，一大锅热气腾腾的西红柿鸡蛋面就已经冒着热气沸腾了起来。

大家围着锅坐成了一圈，一人端着一个从国内带的小纸碗，饿狼扑食般捞着锅里的面条。大家吹着山风，边吃边聊，金色斜阳照着远处的白杨树林，散发出一片金黄色的氤氲。听着大家吃面条的吸溜声伴着欢声笑语，洪开荣突然感受到一种积极向上的力量。洪开荣觉得，这一路即使再苦再累，有再多的困难，只要有这一群亲切的伙伴，他们都无所畏惧。

吃完面条，天色也暗了下来，挂在树梢上的夕阳坠落到地平线下面去了，大地已经完全被夜色覆盖起来。头顶的天空不知何时出现了镰刀似的一轮弯月。大家把火灭掉，草草地收拾了一下残局，就纷纷钻进了集装箱席地而卧。

荒芜旷野的夜是那么的安静，只有山风吹过白杨树叶的轻微沙沙声，伴随着这自然的韵律，13 名先遣队员就这样度过了在异国他乡荒凉山野上的第一个夜晚。

第二天一早，天刚蒙蒙亮，在手机急促的闹铃声中，队员们便早早起床，等待他们的还有繁重的考察任务。

大家简单整理了一下行李，分发了一天的干粮，到溪水旁胡乱抹了把脸，便匆匆地告别，在晨曦的第一缕阳光照下来之前向着山林的深处进发了。

一直到傍晚，大家才陆陆续续返回了集装箱驻地，大家围在一起，汇集一天的勘探情况，刘文进就趴在行李箱上记下汇总的结论。

就这样，13 名先遣队员带着干粮，行进在荒凉的山野，翻山越岭，以"百米冲刺"的速度，5 天徒步行进了近 200 千米，终于收集到了第一手的工程资料。

在先遣队回国后第一时间，中方企业就组织召开了专题论证会，依据这些资料，详细分析和研究了这两种方法在这座隧道施工中的利弊，最后决定放弃采用 TBM 法施工，而采用能适应不同地质条件的钻爆法施工，并委派王坤将相关资料送到了乌兹别克斯坦铁路公司。

看着厚厚的一本详尽而扎实的资料，乌国铁路公司的代表惊呆了，翻着一页页工整而又图文并茂的资料，甚至还有双语翻译，乌方代表赞叹道："我还从来没见过这么严谨细致的资料，你们是怎么做到的？"

王坤一五一十地讲道："这是我们洪总亲自带着先遣队到现场考察记录下来的一手资料。"

乌方代表不解地问道："你们派了先遣队？总共用了几天时间？"

"在我们洪总的带领下，先遣队总共用了5天时间，走遍了隧道的全部路线！"

"你说的是你们企业的总工程师洪开荣先生吗？"

"是的，正是洪开荣，他也是我们中国国产盾构机之父，我们国家的盾构机正是由他主导的团队设计制造的。"

"天哪！你们的总工程师竟然亲自带队到我们这儿来勘探，这是怎样的一群人，能用这么短的时间，完成这么高水平的工作！速度之快，效率之高是我们难以想象的，这份资料着实说服了我，我相信你们的诚意，更相信洪开荣先生的技术水平，我决定立刻向公司汇报，按照你们的意见，采用钻爆法施工，完成这条隧道的建设。"

03. 九天九夜

晚上11点，刘文进手捧着一次性饭盒，吃上了这天的第一顿饭。他匆匆忙忙才扒了两口饭，就马上又和工程部技术员对照图纸指挥着工人们安装拱架。这已经是刘文进连续在隧道里工作的第九个夜晚了，整整九天九夜，他一次都没出过隧道，一天太阳也没见过。在施工大干时期，为保证施工进度，完成节点目标，这是这位普通的开挖负责人的工作常态，而这超负荷的工作量，仅仅是卡姆奇克隧道建设中一个小小的缩影。

"刘队，兄弟们坚持不住了！休息一会儿成吗？"

刘文进看看面前刚刚爆破不久的掌子面，水像瀑布一样从四面八方喷射而出，把这一方小小的天地完全变成了"水帘洞"，又看看在"瀑布"

下，站成一排死死地扛着拱架的一群工人们，一瞬间觉得有些恍惚。

刘文进退后了半步，稳住了身子，叹了一口气说道："兄弟们歇一会儿吧，喝点水，咱们一会儿再干。"

听到刘文进的命令，穿着雨衣的工人们使尽了全身的力气，把重达460千克的钢拱架缓缓地放在了地上。完成这最后一个动作，所有人都像一摊烂泥一样堆在了地上。虽然穿着雨衣，但所有人的衣服都湿透了，乌黑的泥水把每个人全部盖住，在昏暗的隧道里与岩石和泥土融为了一体。

"哎，老张，不喝点水啊？"角落里不知是谁从黑暗中发出了气若游丝的声音。

整个人堆在地上的老张有气无力地说道："喝水？没看到刚刚我那个位置，正好一股水柱正对着我的脸喷，我早都喝饱了。"

听到老张的话，大家都笑了。

角落里的黑影又发话了："那一会儿我站你的位置吧。"

老张没好气地冷哼道："用不着，别看我没你劲儿大，你喝水可喝不过我，今天不把这拱架安上，誓不为人。"

虽然老张的语气不好，但现场所有人都听出了满满的情谊，大家听了老张的话，又觉得自己有了使不完的力气。

"黑影"从角落里走出来，原来他是这个开挖班的班长姚强。姚强看着老张不服气的样子，又是赞许又是心疼："好！这可是你说的，一会儿回去可别叫苦。"

"谁叫苦谁孬种。"

"好了，兄弟们来干活了，刘队也在这儿守一晚上了，赶紧把这榀拱架拼上，让刘队早点回去休息，我们也下班了。"

众人们听到班长的呼唤，一骨碌就从地上爬起来，穿好雨衣，又整整齐齐地站在了拱架下面。

"一、二，起！"

安装钢拱架是在掌子面用炸药爆破过后维持岩石稳定的重要的工

序。一段一段弧形的钢拱架需要在掌子面进行现场拼接,将每节拱架进行对位连接,直至形成一个完整的拱形。这一过程机械完全无法协助,需要现场工人肩扛手抬方可拼接到位。如果不能及时安装,刚刚爆破过的掌子面极有可能发生坍塌,那将造成大型安全事故,而且涌水越大的地方,就说明岩体破碎越严重,岩层内蕴含的丰富的地下水才顺着岩石破碎的缝隙喷射出来,就越需要尽快安装拱架。工人们只能顶着喷射的水流,双手举着460千克的钢拱架,一次次尝试对接,直至每一节钢架按设计连接到位。

这天晚上,这是F7断层最后一榀拱架了,架完这榀拱架,涌水最大的地方也就算过去了。自从隧道开挖进入F7断层以来,隧道的日常涌水量达到每小时200立方米,水流从四周喷出,工人们和设备几乎是在瀑布下作业,经常都泡在水里。

自从进入F7断层,刘文进一刻也放不下掌子面,一时看不到掌子面,刘文进心里就一刻不消停,饭也吃不下,觉也睡不着,就这样,跟着工人们一起,刘文进整整在隧道里泡了九天九夜。

又整整过去了半个小时,工人们终于将这最后一榀拱架架好,每一个人都累得说不出话来,缓缓地到角落里捡起自己的水瓶,在隧道里拖着两条腿像喝醉酒了一样慢慢地移动着。

刘文进在每个人肩膀上都拍了拍,本来想说点"辛苦了"之类的话,却张了张口,发现什么也说不出来,只能默默地站着,看着他们的背影消失在了黑暗的隧道中。

"好了,刘队,已经9天了,您也早点回去休息吧。"身旁的技术员看着刘文进望着工人们的背影发愣,便赶紧劝刘文进回去休息。

刘文进又回头看了看还在喷着水的掌子面,一股一股水柱从拱架的缝隙中喷出来,在掌子面台架的探照灯的照射下,透过烟尘和水雾,幻化出七彩的氤氲。一瞬间,刘文进真的觉得自己累了,和技术员简单对接了下一道工序,便朝着隧道口的方向走了过去。

出洞的一瞬间,刘文进被刺眼的阳光照得睁不开眼,这是他9天以来见到的第一缕阳光。已经是第 10 天的中午了，刘文进 9 天以来在黑暗的隧道里已经完全忘记了时间，手机也早就没了电，见到阳光的一刹那，刘文进觉得很不适应，连忙用手遮住了眼睛，正在头晕目眩之际，刘文进突然感觉有人在身后拍着他的肩膀，回头一看，原来是项目书记张志，赶忙把满是灰尘和泥垢的双手放在工作服上擦了擦，和张志握了握手。

张志紧紧地握着刘文进的手，看着这位老伙计憔悴的样子，心里说不出的难受："文进啊，这些天辛苦了，有多少天没休息了？"

刘文进不好意思地笑了笑："没啥，书记，我这倒是还好，真正累的还是工人们。我想去看看他们。"

"好，我和你一起去！"

说完，两人去工地上的小卖店扛了一箱饮料，向着工人的宿舍走了过去。

宿舍里，刚刚下工的工人们正在吃着午饭，一看到张志和刘文进进来，所有工人都站了起来，班长姚强帮着刘文进把饮料放在地上，有些紧张地搓着手，满脸堆着笑："张书记，刘队长，你们怎么来了，怎么没去休息，是不是我们刚刚安的拱架出问题了？"

张志看着面前这一群憨厚的兄弟们，心里泛着暖融融的热意，赶忙招呼着兄弟们坐下来："没有没有，大家继续吃饭，我和刘队长刚刚从洞里出来，来看看大家，给咱们兄弟伙搞点凉的，大家都辛苦了。"

班长姚强紧紧握住张志的手，不停地说着谢谢，又转身打开了饮料箱，给每个工人发了一瓶饮料，最后又拧开了两瓶给张志和刘文进送了过来："书记，刘队，你们也来一瓶。"

两人笑着接过饮料，仔细地看了看每位工人。每位工人端着饭碗的手都在止不住地颤抖，甚至连一碗饭都端不住，刘文进心想他们现在肯定连胳膊都抬不起来。

张志和刘文进两人同时感到鼻子一酸，忍不住地别过脸去，两人都觉得自己情绪要控制不住了，连忙和工人们挥手道别。姚强也没有挽留，他知道这位刘队长已经9天没好好休息了,他也想让刘文进赶紧好好回去补一觉。

刘文进怀着沉重的心情回到宿舍,找到手机充电器,用嘴吹了吹接口处的灰尘,终于把手机充上电开机了。手机点亮屏幕的一刹那,微信消息就像隧道里的涌水一样喷薄而来,刘文进却在多如牛毛的消息中准确地看到了一串数字,是项目工作群里发出的消息:截至目前,卡姆奇克拱架连接起来的长度已达13000米,安全穿越了600米断层破碎带,没有发生一起坍塌和安全事故。一瞬间刘文进的眼眶湿润了,他又想起那群举着钢拱架喊着号子的工人们,想起那些饭碗都端不动的双手……就这样,刘文进举着手机流着眼泪,不知什么时候睡着了。

一觉醒来,已经是半夜12点了,刘文进拿起手机看了看工作群,工作群内"人声鼎沸",原来隔壁工区的开挖队又创造了一个纪录。刘文进不禁想起了开挖队长文廷福,这个有些瘦小的四川汉子总是能干出一些大事来。

记得2014年的冬天,工地连降20天大雪,施工便道被雪崩堵塞,文廷福就组织自己的开挖队成立抢险突击队,冒着再次出现雪崩的危险清除道路上的积雪,用3天时间就打通了施工便道。

3月份,1号斜井连续两天爆破效果不佳,每炮进尺只有几十厘米,急坏了开挖队的所有人,文廷福与工区负责人整天守在掌子面,收集信息,分析原因,寻求解决办法。"精诚所至,金石为开",经过一次又一次探索和尝试后,爆破瓶颈终于被打破,施工生产恢复正常。4月底,山洪暴发,碎石场被冲毁,施工便道被冲断,文廷福带着他的抢险队再一次冲到了最前面,抢救物资、肩扛炸药,洪水仅仅造成了1号斜井停工半天,施工生产就恢复了正常。就在6月份他们还创造了月开挖成洞326米的施工纪录……

刘文进越想心里越放不下隧道,便一骨碌从床上爬下来,好好洗了个热水澡,穿戴整齐,抄起安全帽和手电筒就下楼发动车子朝着隧道方向开了过去。

没想到在隧道口就碰到了满身臭汗的文廷福，刘文进停下车子，按下车窗，冲着文廷福喊道："哟，文大队长，又创造纪录啦。"

文廷福回头一看，原来是刘文进，他边笑着边来到刘文进的车窗边上，身子自然地斜倚着车子。

"哪里哪里，这不全靠刘总衬托吗，要没你这个千年老二，哪能显出我们开挖队的速度来？"

"嘿！你个老小子，你还真不谦虚。"刘文进笑着从车窗内伸出手来，冲着文廷福胸上就是一拳。

"刘总别急嘛，慢慢来，等着我们把洞子打通了，也少不了你一份功劳。"文廷福看着刘文进一脸的坏笑。

"哈哈，要不是我们这个月打断层，还能轮得到你们创纪录？等着下个月吧，一定会快过你们。"说着话，刘文进发动了车子，"我要进洞了，你去不去？"

"不去了，我刚刚从洞子里出来，我们那边刚放了一炮，灰大得很，把口罩戴上。"说完就给刘文进丢进来一个防尘口罩。

刘文进戴上口罩，直接开车进了洞。从后视镜看着文廷福趾高气扬的背影，刘文进会心地笑了。这位老伙计从来这儿第一天就和他对上了，两个队铆足了劲儿比谁干得快，玩笑归玩笑，自己对这位老伙计还是打心眼里敬佩。

一进隧道，刘文进就感到异常的闷热，走了几步就汗流浃背，之前连续在里面待9天没觉得出来什么，但只要在外面待一个下午，再进来就已经开始不适应。汗水顺着脖颈在后背上肆意地流淌着，猛然听见车子后面有人喊着他的名字，原来是台车的司钻手刘航，刘航只有23岁，是一位来自河南的小伙子。

刘航满头大汗地跑到刘文进的车旁，一口气还没喘匀，就急忙地说道："刘队，刘队，刚刚，掌子面又发生岩爆了。"

对于隧道工程，岩爆就好像在隧道周边的岩体里的一些隐形的不定时的量级不同的炸弹，在一定的条件下，它们就会单个或连续爆炸，把岩体炸出来，形成飞石四处弹射，像子弹一样飞！直径五六十厘米的岩块射出十几米远。岩爆就像地震一样，很难进行准确预报，因此要攻克它也十分困难。

看着刘航着急的样子，刘文进心里咯噔一下，卡姆奇克隧道自建设以来，基本上每天都要发生岩爆。目前据项目统计，已经发生了3000多次的岩爆，平均下来每天都要遇到3次以上的岩爆，发生岩爆的长度达到了整个隧道总长度的65%。到目前为止没出安全事故，已经是非常不容易。如果因为岩爆导致安全事故的发生，既是对人身安全和生命的伤害，也会对中国的形象造成无法挽回的损害。

"出事没有？"刘文进感觉自己的心要从胸腔里跳出来，连声音都在颤抖着。

"人都没事，就是这回飞出来的石头把咱们台车的一条机械臂砸坏了。"

"人没事就好，人没事就好。"刘文进像念经一样不停地念着这句话，也不管刘航，下车就朝着掌子面跑了过去。

刘文进刚到掌子面，一眼就看到了在凿岩台车旁站着的李志军，李志军用手抚摸着凿岩台车机械臂被岩石砸穿的一个大洞，心疼得眼泪都快掉下来了，感觉比砸到他自己还要难过。

李志军一看到刘文进，满怀愧疚地说道："刘队，我……唉，太不凑巧了，我应该躲开的。"

刘文进一把搂住李志军的肩膀，看着李志军心疼的样子，脑海中浮现出李志军刚来台车班的样子。为精准掌握司钻技巧，这位"半路出家"的操作手在同事聚会消遣的时候，总是一个人静静地待在宿舍翻阅相关书籍，在别人拉他喝酒吃饭时，他总是笑着拒绝，匆匆扒了几口饭就又拿起书本，同事们常开玩笑说，他在国外的最好伙伴就是那些专业书籍。现在他已经成长为台车班最优秀的操作手。

刘文进安慰道："人没事就好，机器嘛，坏了咱就修。岩爆这种事天王老子来都预测不了，怪自己干啥？"

听完刘文进的话,李志军点了点头,默默地又登上了台车,准备把台车开出洞去。

刘文进理解李志军的难处,他自去年 8 月份工程开工来到海外项目,至今一年半的时间里已数次放弃了本该带薪休假的权利,家中不到 2 岁的小孩早已忘记爸爸的样子,这一切都源于他毅然加入了台车班,他最担心的就是"趴窝"的意外情况发生。如何实现快速掘进讲究的是钻眼质量和爆破效果。他知道肩上的责任和担子。"再等等吧。"每次家人提及回国时,他总是这般回答。

李志军所在的台车班成员平均年龄只有 26 岁,这支年轻的团队却担负着 4500 米的隧道开挖支护任务,第一次出国干工程,从最初的新奇、陌生到如今的沉稳、老练,品牌观念让他们深知使命重大。

记得在第一次岩爆发生的时候,也恰恰是他们开着凿岩台车在掌子面打钻眼的时候,整个台车班的小伙子都被吓蒙了,年轻的他们哪经历过这样的阵仗,甚至当他们回到宿舍时有的人因为岩爆的危险被吓哭了。如今经历得多了,这群年轻人也越发地沉稳老练。有一次刚刚岩爆结束,刘文进问李志军:"面对时不时就会飞过来的石块,害不害怕?"李志军回答:"说实话,哪个不害怕,可是看到像您一样的技术干部都一直顶在最前面,我们感觉踏实了不少。"

在班长的带领下,每次开挖作业循环的台车行驶、定位、接水管、电缆、启动、找顶、施钻一气呵成,人手一臂准确操作,另一人观察岩石变化,巡视安全。众人同心,其利断金。循环时间大幅缩短,由过去的 10 个小时提高到现在的 6~6.5 小时,"连续 5 个月开挖进尺保持在 200 米以上""连续 4 个月开挖突破 250 米",施工进度稳步提升。而在 8 月份的施工中,更是创造了台车钻眼用时 159 分钟、装药爆破用时 70 分钟、出渣用时 163 分钟、锚喷支护用时 53 分钟,平均每循环用时 7.4 小时,单循环最短用时 5.29 小时,单月开挖循环数 99 个,单循环进尺平均 3.425 米,开挖支护进尺达到 343 米的纪录。

成绩上去了,他们没有躺在功劳簿上睡大觉,因为他们深知这条隧道的工期压力。搞工程的都知道，地下工程的围岩结构就像娃娃的脸说变就变，一旦遇到地质灾害势必严重影响施工进度，与时间赛跑已成为台车班一班人心中的坚定信念。台车班的人总是说："隧道贯通的那一刻才是我们敢稍做休息的时刻，我们会做得更好。"

刘文进知道，这看似平常的话却道出了台车班的心声，也是卡姆奇克隧道一线 1000 多名奋战在异国他乡与时间赛跑的中国隧道人，在施工前进道路上的座右铭。

04. 九百天，九百秒

随着工程进度的突飞猛进，乌兹别克斯坦政府与其铁路公司，进一步感受了中国企业的水平，见证了中国隧道建设的真正实力，对工期更是充满信心，于是在 2015 年 11 月提出隧道全部贯通时间提前到 2016 年 2 月的期望。

得知这个消息，卡姆奇克隧道项目负责人周校光也是捏了一把汗，本来按照中方企业的设想，原计划贯通时间是在 5 月底。从 2014 年进场，从零上 30 多摄氏度的酷暑到零下十几摄氏度的严寒，从万家团聚的春节到一个又一个漫长的黑夜，中国建设者已经在异国他乡的土地上坚守了整整两年。由于前期进展神速，在卡姆奇克隧道建设的第三个春节，想让大家轻松一点，能让大部分异乡游子能够在春节期间回家与家人们团聚。但是如果要提前 3 个月贯通，恐怕所有人员依然要坚守在工地一线。

周校光最担心的事就是员工们有情绪，如果由于休假问题影响了员工的士气，那么施工进度也会得不到保障，所以，周校光在几次项目部的交班会议上都没有将这件事说出口。

刘文进从周校光这些天欲言又止的神情中看出了端倪。

离预定假期还有不到一个月，刘文进在一个晚上偷偷敲开了周校光办公室的门，看见周校光在一个人写着什么。

看到刘文进走进来，周校光直接递给他一个眼神，示意他随便坐下，在一个项目相处了这么久，两个人之间有着无形的默契。

刘文进静静地等待着周校光把手中的字写完，他知道周校光心里一定清楚，他是来说留守工地的事。没想到，周校光直接把正在写的纸条递给了他。

只见纸上写了一句话："业主的要求自有业主的道理，我们作为乙方，必须站在业主的角度上去考虑问题，完美实现业主的需求才是我们的直接目标。"

"知道这句话是谁说的吗？"周校光首先发问。

"不知道。"刘文进有些疑惑但还是实话实说。

"其实这是在咱们隧道开工前王坤王总对我说的话，他说这是洪开荣在带队来乌考察前说过的话。我这两天总想着这句话，所以就写下来，准备在下次开会时给大家念念。"

刘文进仔仔细细地又把这短短几十个字读了两遍，方才抬头说道："周哥，我知道您心里是怎么想的，我的想法和您的一样，您放心，至少我们工区都不会有怨言，大家在一起拼了两年了，都只有早日贯通这一个念头。"

听到刘文进这么说，周校光如释重负。第二天，周校光就召集了分部及工区负责人，共同商讨春节不停工的事宜。

会议一开始，周校光就一五一十地传达了业主想要提前3个月工期的想法。一分部经理肖辰裕直接站起来说道："不就是在这里再过个春节嘛，有啥子嘛！咱们在一起就像一家人一样，一样过节。"各个工区负责人群起响应，纷纷表示由自己去做各工区员工的工作。

随着2月份全隧道贯通指日可待，业主为早日实现通车运营，惠及民众，再次将铺轨试通车的节点目标提前两个月。这一下又给了中方企业一个措手不及，原来的工作安排与资源配置远远不能满足要求，而且可能产生技术上的问题。中方企业与乌方铁路公司进行了激烈的讨论，最终达成了分段铺轨、机电安装与铺轨平行作业等协调机制；同时从国内抽调 20 多位具有丰富管理经验的班组长和测量技术能手，加强力量，确保技术上不出问题，组织上发挥资源的极限。同时乌方也积极地帮忙组织人力资源，高峰时工地上达到 1800 多人，其中乌方接近 800 人。就这样，在中乌双方的共同努力下，难关被一次次攻克，纪录被一项项打破，目标被一个个实现，终于在 2016 年 2 月 25 日提前交付全段铺轨。

在全段铺轨庆祝仪式上，乌方铁路公司主席拉曼托夫激动地说道："乌铁铁路公司对中铁隧道集团在 Qamchiq 隧道建设中做出的突出贡献和诚信履约表示赞赏和感谢，我本人对项目各项工作表示高度满意，对中铁隧道集团这样一个大型国际企业表示高度信任。另外，在隧道开挖提前贯通之后，中铁隧道集团并未放缓施工进度，而是加快后续衬砌、机电安装等工程的施工并提前一周交付铺轨，使'5·31 轨通'的节点目标提前一周完成，体现出双方的真诚合作和充分信任。此次全线轨道提前贯通意义重大，为全线正式通车的总体目标奠定了坚实的基础。"

随后，乌方工作人员以现杀活牛等特有的方式与在场参加庆祝仪式的人员共同庆贺这一伟大的时刻。乌兹别克斯坦副总理扎基洛夫、乌铁主席拉曼托夫和项目经理周校光在广大中乌参建员工的见证下共同把连接轨道的最后一颗"金螺栓"稳稳拧紧固定，现场响起热烈的掌声和欢呼声。

中铁隧道，在不到 3 年的时间里，就打通了 19.2 千米的隧道，实现了通车运营，打破了当初外国公司需要 5 年工期的判定，创造了又一个"中国速度"。从正式开挖到全隧贯通，建设者们用 900 天成就了火车 900 秒穿行大山的奇迹。

2016 年 6 月 22 日，刘文进在卡姆奇克隧道现场看着大屏幕上，中国国家主席习近平和乌兹别克斯坦时任总统卡里莫夫共同按下通车按钮的那一刻，突然觉得有些恍惚，仿佛在做一场梦一样，他又想起 3 年前第一次到库拉米山沿线考察的时刻，想起和洪总还有其他 11 名先遣队员一起住过的"豪华天然大酒店"，想起大家吃的西红柿鸡蛋面，想起他们走过的库拉米山的每一寸土地、每一条山脊、每一条小溪，听着火车在隧道里的汽笛声，他觉得这一切宛如梦幻，可又是那么真实。

当火车从卡姆奇克隧道呼啸而出的那一刻，整个通车仪式现场顿时变成了一片欢呼的海洋，隧道建设者和当地人民紧紧地相拥在一起，刘文进再也止不住泪水，跟随着人群鼓着掌，流着泪，身边的当地人民相互之间抱头痛哭。

突然，刘文进发现自己被3位本地美女紧紧地簇拥在了中间，3位美女一会儿指指他身上的工作服，一会儿又指着他头顶的安全帽，快速地说着乌语。刘文进突然被美女包围，感觉十分害羞，又听不懂她们在说什么，还好项目的翻译员注意到刘文进这边的情况，赶快来帮刘文进解围。

这个翻译员正是当初跟着科曼洛夫来中国考察的翻译员，他的名字叫吉姆拉耶夫，曾经还在中国留过学。自从中方企业进场以来，他就自告奋勇地加入了卡姆奇克隧道中国建设团队，3年的时间，从一个中文"二把刀"变成了一个地地道道的"中国通"，甚至跟着中国建设者学会了四川方言和河南方言。他还给自己取了一个中文名字叫"灯影"，刘文进曾经问他，为什么给自己取名叫"灯影"，没想到吉姆拉耶夫解释说："我最喜欢项目食堂里来自四川的大师傅做的一道川菜，叫'灯影牛肉'。"

在翻译的解释下，刘文进了解到，这3位美女原来是乌兹别克斯坦本地的三姐妹，两个姐姐住在首都塔什干，而最小的妹妹却住在费尔干纳盆地，在库拉米群山的阻隔之下，三姐妹已经整整5年没有见过面。这次两位姐姐坐了整整5天的大巴车，来和妹妹一起参加卡姆奇克隧道的通车仪式，这也是三姐妹5年来第一次相见。

刘文进注意到，三姐妹的脸上都还带着刚刚哭过的泪痕，于是让"灯影"转达道："从今天开始，你们只需要坐着火车花900秒穿过这条卡姆奇克隧道，仅用两个小时就能见面了！"

听完刘文进的话，三姐妹再次紧紧地抱住了刘文进，刘文进的脸再一次红了起来。

"灯影"在一旁大笑道:"不要害羞嘛,刘总。"已经过去了3年,"灯影"还是没有改掉叫人"×总"的习惯。"这在我们乌兹别克斯坦是正常的礼节,就像你们中国人的风俗习惯,哈哈。"

"现场这么多记者,这么多摄像机,万一给我拍下来放到电视上被我婆娘看到,那等我回家我婆娘不得杀了我?"刘文进一急,连四川话都秃噜了出来。

"灯影"笑得更疯狂了,用地地道道的四川话接着打趣刘文进:"哎哟喂!没想到在外头不得了的刘总,在屋头还是个'耙耳朵'哟。"

刘文进的脸更红了,看到刘文进害羞的样子,3位美女也就松开了手,指着刘文进的安全帽说道:"可不可以给我们3顶你们的这个帽子作为纪念,这可是我们乌兹别克斯坦第一条铁路隧道。"

刘文进赶紧找到了现场物资管理员,从项目的仓库里取了3顶崭新的安全帽,郑重地交到了三姐妹的手中,三姐妹连声说道:"Рахмат!"刘文进听得出来,这是乌兹别克语中的"谢谢"。

三姐妹像是完成了一个巨大的梦想,纷纷把帽子戴到头上,找到当地的记者,并请求记者为她们合影留念。从"灯影"的口中得知,三姐妹在和当地记者说:"这是我们这辈子收到的最珍贵的礼物。"

刘文进被三姐妹这份质朴而珍贵的情谊深深地打动了,他觉得面前这条仅仅花了900天就打通的隧道,打通的不仅仅是库拉米山,更是两国人民历史和文化之间的沟壑,用一条隧道将两国人民的心紧紧地联系在了一起。

通车仪式结束后,时任项目书记的李华坤坐在办公室举着手机刷着新闻,看着卡姆奇克隧道贯通的新闻占据着国内外各大媒体的头版头条,心里有说不出的骄傲和自豪,就在这时,办公室的门突然响了。

"请进!"李华坤说完好久,却依然不见有人进来,就主动过去打开门一看,原来是翻译员"灯影"忸怩地站在门外面。

"快进来,'灯影'。"李华坤赶紧把这位小伙子迎了进来,这也是周校光第一次看见这位一向外向开朗的乌兹别克斯坦小伙子不好意思的样子。

"怎么了,'灯影',怎么还不好意思进来呢?有什么我能帮忙的吗?"

"李书记,我……""灯影"欲言又止。

李华坤看着外表粗犷的"灯影"此时像个待字闺中的大小姐,不禁觉得有些好笑,也更加好奇:"没事,'灯影',咱们一起待了3年了,就像一家人一样,和自己的亲人还有什么不好意思说的呢?"

听到李华坤这样说,"灯影"终于敞开了心扉:"李书记,我有一个私人的请求,不知道您能不能同意?"

"有什么我们能帮上忙的尽管开口。"

"李书记,可能你们不知道,这条隧道的贯通对于我们国家来说有多么重要的意义,我们跟着你们建设隧道的这些人都是一些老百姓,就像我,也是因为在中国留过学,才被当时我们国家铁路公司选中充当翻译,现在隧道也修完了,火车也通了,但是我可能连找一份正经的工作都成问题。"

听着"灯影"的话,李华坤若有所思地点了点头:"那么需要我们做些什么呢?"

"灯影"连忙说道:"我想请求你们,能不能给我开一张证明,就证明我和你们一起建设了卡姆奇克隧道,然后盖上你们公司的印章,这样,凭着这份证明,我能够找到更好的工作。"

"灯影"说完后,李华坤着实没想到,这条隧道贯通的意义远不止我们想得那么简单,没想到一条隧道的修建在外国能有这么大的影响力。

"李书记,如果这很难的话也没关系的,你们已经帮了我太多了,我不想给你们添麻烦。"

"没有没有,一点也不难,我们当然可以也愿意帮你开这个证明。"

"灯影"一瞬间高兴得简直要跳起来,但又听李华坤缓缓地说道:"不过,你还需要答应我一个条件。"

"什么条件,我都答应!""灯影"不等李华坤说完就表起了决心。

"'灯影',你和咱们项目上那些乌方的工人们都比较熟,我想请你去统计一下,看看其他朋友需不需要这样一份证明,如果需要,就上我们这儿来开,我们随时欢迎!"

听完这番话,"灯影"紧紧地握住了李华坤的手,久久说不出话来。

仅仅不到一天,由乌兹别克斯坦工人们组成的一条长龙排在了卡姆奇克隧道项目综合办公室的门前,每当一个印章盖下,现场都爆发出一阵热烈的掌声和欢呼声。几乎所有人在拿到证明文件的一刹那都流出了激动的泪水,并和工作人员热情地握手和拥抱,甚至在项目部的院子里跳起了舞……不到一天时间,每名参与卡姆奇克隧道建设的乌兹别克斯坦员工都得到了一份证明,李华坤在一旁静静地看着乌方员工在尽情地庆祝和欢笑,他会心地笑了,他心里清楚,这一份小小的证明,可能对于我们来说只是举手之劳,但它很有可能改变的是一个人的命运。这就是中国隧道的力量,这就是中国速度的魅力,这也是中国在"一带一路"建设中一张闪亮的名片。

……

仅仅过了一个星期,王坤在公司的办公室又接到了"灯影"的电话。

"王总,还记得我吗?我是吉姆拉耶夫。"

"哈哈哈,'灯影',我怎么可能不记得你呢,咋不叫自己'灯影'了呢?"

"王总,你们走了,也没人叫我'灯影'了。说实话,现在叫回自己的大名还真有点不习惯。我又想吃你们做的灯影牛肉了。"

"没问题啊,这好说,等着我给你寄过去。"

"不用了,王总,我想这次用不了多久我就又能吃到了。"

"怎么说?"

"王总,你听我给你讲,拿着你们开的那份证明,我不出 3 天就找到了一份新的工作,但是还没到一个星期,我就给辞了。"

"为什么啊,难道新工作不顺利?"

"不是的王总,现在我又回到了科曼洛夫先生身边,他有一项重要的事情要和您商量。"

"尊敬的王先生,您好!"科曼洛夫蹩脚的中文从话筒里传来,显然是在现学现卖,在王坤还没来得及"笑话"这位老朋友一番的时候,科曼洛夫就说出了一个爆炸性的消息:"王先生,我们国家想请你们过来修一个煤矿……"

挂了电话,王坤立即跑向了洪开荣的办公室。

他知道,在那个热情而富有魅力的国度,新一轮的中国版"速度与激情",即将拉开帷幕……

1
2

1 2014年2月20日,中铁隧道局卡姆奇克隧道项目员工抢修分部碎石场

2 2016年2月26日,全隧贯通,中乌两国建设者胜利欢呼

3 "中亚第一隧"乌兹别克斯坦安帕铁路卡姆奇克隧道

4 乌兹别克斯坦安帕铁路卡姆奇克隧道施工现场

图书在版编目（CIP）数据

向光而行/中铁隧道局集团有限公司著. —北京：中国青年出版社，2023.3
（新创业史丛书）
ISBN 978-7-5153-6862-7

Ⅰ.①向… Ⅱ.①中… Ⅲ.①纪实文学-中国-当代 Ⅳ.①I25

中国版本图书馆 CIP 数据核字（2022）第 248196 号

出版发行：中国青年出版社
社址：北京市东城区东四十二条 21 号
网址：www.cyp.com.cn
丛书策划：皮钧　陈章乐
责任编辑：刘霜　罗静
编辑中心：（010）57350508
营销中心：（010）57350370
经销：新华书店
印刷：三河市君旺印务有限公司
开本：710×1000mm　1/16
印张：13
字数：200 千字
版次：2023 年 3 月北京第 1 版
印次：2023 年 3 月河北第 1 次印刷
定价：88.00 元
本图书如有任何印装质量问题，请凭购书发票与质检部联系调换
联系电话：（010）57350337